光文社文庫

文庫書下ろし

ちびねこ亭の思い出ごはん

たび猫とあの日の唐揚げ

高橋由太

光　文　社

目次

黒猫とパンの耳

ヤマニ味噌

佐倉《さくら》のおみそは、醸造に適した気候風土と伝統技術を生かした佐倉の味噌です。味噌の生産は高品質の産地として、明治20年（1887年）に創業以来知られる〈ヤマニみそ〉は佐倉のみそとして関東一円に多くの愛好者がおります。

公益社団法人　千葉県観光物産協会のホームページより

吉田《よしだ》葵《あおい》は、ときどき夢を見る。

小学校に入ったばかりのころの夢だ。

赤いランドセルを背負って学校に行き、友達と笑い合う。通学路や教室で会話を交わす。

葵ちゃんのランドセル、すごく可愛いね。

うん。

だけど、そんなことは起こらなかった。赤いランドセルを背負って学校に行ったことはない。

買ってもらったのに、千葉のおばあちゃんの家に置いてある。

使われることもなければ、きっと捨てられることもない。

ずっと、ずっと置いたままだ。

葵は、小学校四年生になった。十歳をすぎたのに身体が小さく、一年生と間違えられることもあった。それをクラスの男子たちにからかわれて悩んでいると、お父さんが言った。

「女の子なんだから、小さいほうが可愛いよ」

慰めたつもりらしいけれど、それは駄目な言葉だった。特に、お母さんの前では言うべきではなかった。

「それ、どういう意味？　女をマスコットか何かだと思ってるの？」

お母さんが問い詰めるように言った。ドラマや映画なら夫婦喧嘩が始まるところだけど、お父さんは弱い。余計なことを言うくせに、お母さんには勝てない。首を竦《すく》めるようにして言い訳をする。

「そういう意味じゃなくて……」

「じゃあ、どういう意味？『小さいほうが可愛い』って言葉に、それ以外の意味があるの？」

いつだって、お母さんはこの調子だ。近所でも学校でも同じだ。出版社で働いているけれど、きっと会社でもこうなのだろう。

お母さんは、正しくないことを聞くと怒り出す。それから、その言葉を言った人を問い詰める。悪気がなくても容赦《ようしゃ》しない。塾の先生が、少し前に言っていた「意識高い系」というやつだ。

――意識高い系。

よく分からないけれど、お母さんにぴったりの言葉だ。迷惑な人だと思う一方で、ちょっぴり羨ましくもあった。

　葵は、お母さんには似ていない。見た目はともかく、性格は正反対だ。お父さんと同じように弱い。思っていることを上手く言えず、喧嘩になるのが怖くて、相手の意見に流されてしまう。嫌なことを「嫌だ」と言えない。

　あのときも、そうだった。四年前、葵が小学校に入る年のことだ。


　冬休みに家族みんなでお父さんの田舎に行った。そのとき、おばあちゃんが赤いランドセルをくれた。

　おじいちゃんは、葵が幼稚園に入る前に死んでしまった。お父さんの他に子どもはいない。だから、おばあちゃんは一人暮らしをしている。ときどき病院や買い物に行く以外は、築四十年の古い家にずっといる。年金暮らしだと言っていた。裏に小さな畑があって、菜の花や野菜を作っている。アニメに出てきそうな田舎のおばあちゃんだった。

　葵の家は東京都にあって、おばあちゃんの家は千葉県君津《きみつ》市にある。葵の家からそう遠くはないが、すごく近いというわけでもない。会うのは、お父さんとお母さんの仕事が休みのとき——お盆と正月くらいだった。

　そんなふうに滅多に会えないけれど、葵は、おばあちゃんが好きだった。やさしいし、お母さんみたいに口うるさくない。話もちゃんと聞いてくれる。そのおばあちゃんが、葵のために入学祝いを用意してくれた。

「よかったら使ってね」

そう言って、赤いランドセルを手渡してきた。

赤は、葵の好きな色だったし、ランドセルも可愛かった。一目で気に入った。嬉しかった。

——ありがとう、おばあちゃん。

お礼を言おうとした瞬間、お母さんが口を挟んだ。ランドセルを見て、おばあちゃんに言ったのだった。

「女の子だからって、赤いランドセルを使う時代じゃないんですよ」

お母さんに悪気はない。それどころか、新しい時代の考え方を教えてあげているつもりだと思う。おばあちゃんはお父さんの母親だから、やさしい性格をしていた。やっぱり、お母さんとは正反対だ。驚いた顔で聞き返した。

「そうなのかい？」

「最近では、女の子も自分の好きな色のランドセルを持つんですよ。『女の子は赤』なんて決めつけですから」

「昔と違うんだね」

「多様性の時代なんです。赤いランドセルを使う女の子なんて、今は、ほとんどいないと思いますよ」

お母さんは自信たっぷりだった。それが本当なら、学校で浮いてしまう。みんなが持っていない色のランドセルを使うのが怖いという気持ちが芽生えた。笑われたら――いじめられたら、どうしよう。仲間外れにされて友達ができなかったら、どうしよう。

赤いランドセルを背負って歩いている女の子を見たことがあるが、葵より年上で、お母さんの言う「今」ではないのだろう。

「私、赤じゃないほうがいいかも」

葵は思わず言った。見た瞬間に可愛いと思ったランドセルを拒んだのだった。おばあちゃんはしょんぼりした顔で、「ごめんなさいね」と謝った。

結局、葵はスミレ色のランドセルを買ってもらった。選んだのは、お母さんだ。東京に帰った後、新宿タカシマヤで買ってくれた。お洒落《しゃれ》だとは思ったけれど、可愛くはなかった。赤いランドセルは、おばあちゃんの家に置いてきた。

小学校が始まると、葵はスミレ色のランドセルを背負って通った。そして、赤いランドセルを使っている女の子がたくさんいることを知った。お母さんにそのことを言うと、「おかしいわね」と首を捻《ひね》った。でも、ただ、それだけだった。おばあちゃんみたいに謝ってはくれない。

葵は忙しい。

ピアノを習い、スイミングに通い、その上、私立中学受験をするために塾にも行っている。全部、お母さんの決めたことだ。

「今のうちに勉強をしておかないと、大人になってから苦労するのよ。すごく大変なんだから」

苦労するのも大変なのも嫌だったから、真面目に勉強をした。そうでなくとも、お母さんには逆らえない。

四年生の夏休みになると、勉強が忙しくなってきた。模擬テストも増えたし、夏期講習もある。宿題もたくさん出た。田舎に行く余裕もなかった。

そんなとき、おばあちゃんが倒れた。救急車で病院に運ばれたというのだった。お父さんとお母さんが病院に駆けつけたけれど、その日のうちに、お父さんは帰ってきた。

「入院しなくちゃ駄目みたいだけど、とりあえず大丈夫みたいだ。お母さんが、いろいろとやってくれている」

葵は、ほっとした。軽い盲腸みたいなもので、すぐに治るんだと思ったのだ。お正月には会えるとも思った。

だけど、その予想は外れる。お父さんの言葉は、当てにならなかった。盲腸なんかじゃなかった。

倒れてから二週間もしないうちに、おばあちゃんは死んでしまった。お見舞いに行く暇もなく、どこか遠くに行ってしまった。

十歳をすぎたばかりの葵にとって、死は遥《はる》か遠くにあった。人間はみんな死ぬのだということは知っていたけど、他人事《ひとごと》みたいに感じていた。おばあちゃんの死さえそうだ。千葉の家に行けば、おばあちゃんが暮らしているように思えた。

でも、もういない。

葵の知らない場所に行ってしまった。そのことが、すごく怖かった。死ぬことを初めて身近に感じた瞬間なのかもしれない。

「おばあちゃんは、天寿《てんじゅ》をまっとうしたのよ」

お母さんが言ったが、誰も返事をしなかった。お父さんも何も言わず、じっと遺影を見ていた。

そんなふうにして葬式は終わり、おばあちゃんの遺骨がお墓に納められた。このあたりでは、四十九日の法要を待たずに納骨する。そのお墓には、おじいちゃんも眠っている。

おばあちゃんが死んでも、葵の人生は続いた。何事もなかったように月日は流れて、冬休みに入った。

冬期講習はあるけど、四年生は休みが多かった。夏期講習より楽なくらいだ。たぶん、一月から二月初旬にかけて難関中学校の受験が行われるので、六年生中心にカリキュラムが組まれているためだろう。葵たち下級生の授業は、受験生の邪魔をしないように組まれていた。

塾のない休みの日を使って、おばあちゃんの家に行くことになった。それを決めたのは、お父さんだった。

「いろいろとやることがあるんだよ」

お父さんは、寂しそうだった。おばあちゃんが死んでから、ずっと元気がないように見える。

「あの家には、もう誰もいないからな」

独り言のように呟く声は、どこか遠くでしゃべっているみたいだった。あの家で暮らした日々のことを思い出しているのかもしれない。

そう思ったのは、古いアルバムを見たことがあったからだ。まだ子どもだったお父さんが、庭先で笑っていた。幸せそうで、今以上に穏やかな顔をしていた。きっと、近くにおばあちゃんがいたのだろう。

「二日になるか三日になるか分からないけど、ある程度片づくまで千葉に泊まろうと思っているんだ」

お父さんは、葵にも分かるように話してくれた。おばあちゃんのいなくなった家の掃除をするだけでなく、銀行や市役所、お寺に行く用事もあるという。お母さんも行くことになっている。葵一人だけ東京の家に残っているわけにはいかない。

「うん。分かった」

返事をした。嫌ではなかった。お父さんにもお母さんにも言っていないけど、あの町に行きたいと思っていた。行きたい場所があった。

お正月が終わるのを待って、おばあちゃんの家に行くことになった。いつもみたいに電車ではなく、自動車で向かった。君津市に着いた後、いろいろな場所に行かなければならないからだろう。

「銀行も役所も閉まるのが早いくせに、時間がかかるからな」

お父さんがため息をつき、朝早く東京を出発した。アクアラインを使えば、電車より早く着くみたいだ。

葵は冬休み中だけど、会社の年末年始の休みは終わっている。千葉に行くために、お父さんとお母さんは会社を休んだみたいだ。

「こんなときじゃなければ、有休を取れないからな」

「取れないって、有休は労働者の権利よ」

こんなときでも、お母さんは意識高い系だ。お父さんと交代で自動車の運転をしながら、市役所や銀行、お寺に行かなければならないことにも文句を言っていた。

「『名前と住所を書いて、印鑑を押して』を何度も繰り返すのよね。本当に馬鹿馬鹿しい。いつまで、こんな非効率的なことをするのかしら。印鑑なんか、さっさと廃止すればいいのに」

「そうだな」

お父さんが、どうでもよさそうに相づちを打つ。どうでもいいことではないのかもしれないけれど、ここで文句を付けても仕方がない。それくらいは、お母さんだって分かっているだろうに言わずにいられないのだ。

葵は、窓の外を見ていた。いつの間にか君津市に来ていて、自動車は小糸川《こいとがわ》沿いの道を走っていた。冬休みなのに、川で遊んでいる子どもはいない。

小糸川沿いに立派な歩道があるが、人はいなかった。自動車どころか自転車も見かけない。道路沿いにはコンビニもなく、古びた家が並んでいるだけだった。庭や塀が荒れていて、明らかに人の住んでいない家もあった。何の音も聞こえない——。

「この道を通って小学校に行ったんだよ」

誰に言うともなく、お父さんが言った。今まで何度も聞いた話だった。この道を通るたびに聞いている。

だけど、何度聞いても不思議な感じがする。お父さんやお母さんにも、自分と同じ年齢のころがあったということがピンと来ない。アルバムの古い写真には違和感がなかったのに、話を聞いても想像できないのだ。

「大和田《おおわだ》小学校だっけ？　廃校になっちゃうのよね」

今度は、お母さんが相づちを打った。近くの小学校と統合され、お父さんの通っていた大和田小学校はなくなるらしい。

「ああ、どんどん学校が減ってくな」

「そうみたいね」

お母さんが頷《うなず》くと、お父さんが呟《つぶや》くように言った。

「子どもの数が減っちゃったからなあ……。人口も減ってるし、そのうち誰もいなくなっちゃったりしてね」

葵には、予言みたいに聞こえた。人間のいなくなった町を想像することは難しくなかった。

おばあちゃんの家は、小糸川の下流にあって、五分も歩けば東京湾が見える。窓を開けると、波の音やウミネコの鳴き声が聞こえてくるような場所にあった。お父さんの中学校の同級生が近所にいるらしいが、葵は会ったことがなかった。仲がよくないのかもしれない。お父さんは何も話してくれないので、その同級生の名前さえ知らなかった。

おばあちゃんの家に着いた。自動車は庭先に駐《と》めた。ちょっと見ないうちに、雑草がたくさん生えていた。

家の鍵は、お父さんが持っている。おばあちゃんが生きていたころから、合鍵を持っていた。その鍵を差し込んで、玄関の引き戸を開けながら言った。

「ただいま」

当たり前だけど、誰も返事をしない。葬式のときの線香のにおいが残っているような気がした。

家の中は片付いていた。おばあちゃんは綺麗好きだったし、葬式のときに掃除をしたのだから散らかっているはずがなかった。

それでも、簡単に掃除をした。葵も手伝って玄関を掃いた。あっという間に終わった。

ふたたび、お父さんとお母さんが自動車に乗った。葵は乗らなかった。庭先で見送ることにした。

「本当に一人でだいじょうぶ？」

お母さんに質問され、葵は答える。

「銀行とか市役所に一緒に行っても仕方ないし」

「そうだなあ。時間もかかりそうだしなあ」

お父さんが同意した。お寺はともかく、銀行や市役所に行って退屈しないわけがない。

でも、それは口実で、一緒に行きたくない理由があった。葵は、一人になりたかった。

その理由は、お父さんにもお母さんにも言えない。きっと、頭がどうかしたと思われてしまう。

「気をつけるのよ」

お母さんが心配そうに言った。本当は葵を連れていきたいのだろうが、娘にお金や相続の話を聞かせたくないという気持ちもあるみたいだ。子どもは、親が思っているよりも大人の事情を知っている。親が何を考えているかだって、だいたい分かる。特に、お母さんは顔に出やすかった。

「大丈夫。勉強したり本を読んだりしてるから」

葵は安心させるつもりで言った。でも、お母さんは簡単には安心しない。意識高い系のくせに心配性だ。

「足りないものがあったら、コンビニで買うのよ」

「うん」

「コンビニに行くときは、ちゃんと戸締まりしてね」

「うん」

「何かあったら電話するのよ」

「分かった」

我慢強く何度か頷いた後、お父さんがようやく自動車のエンジンをかけた。きりがないと思ったのだろう。

「じゃあ、行ってくるから」

お母さんが助手席から言い、葵は「行ってらっしゃい」と言葉を返した。自動車が、ゆつくりと走り出した。

親がいなくなると、葵は一人になった。おばあちゃんの家には、誰もいない。何の音もなかった。漫画だったら、「しーん」と書かれそうなくらい静かだった。

この家には何度も来ているけど、一人になったのは初めてだ。いつだって、おばあちゃんがいた。葵は、おばあちゃんと仲よしだった。何度も一緒に遊んでいる。

何の理由もなく、おばあちゃんと二人で、裏の畑に菜の花を取りに行ったときのことを思い出した。葵が青虫のくっついた菜の花を摘《つ》んでしまい、泣きべそをかきながら悲鳴を上げると、おばあちゃんは青虫を払ってくれた。それから、「大丈夫だよ」と声をかけてくれた。

いつだって、おばあちゃんはやさしかった。葵にも、お父さんにもお母さんにもやさしかった。それなのに、ひどいことをしてしまった。やさしいおばあちゃんを傷つけてしまった。

赤いランドセルが、いつも頭の片隅にあった。おばあちゃんがせっかく買ってくれたのに、背負うことさえしなかった。この家に置いたまま、お母さんに新しいランドセルを買ってもらった。

赤いランドセルは、おばあちゃんの部屋にずっと置いてある。そのことを思うと、涙があふれてくる。胸が、きゅっと締めつけられる。「ごめんなさい、ごめんなさい」と謝りたくなる。

でも、もう、おばあちゃんはこの世にいない。

葵には、泣くことしかできない。

お墓に行って謝ることしかできない。

ずっと、そう思っていた。取り返しのつかないことをしたと思っていた。あの店のことを知るまでは。

普段は何ともなくても、急に悲しくなることがある。突然、泣いてしまうことがある。

冬休みに入る少し前のことだ。日曜日に塾で模擬テストがあった。お母さんにお弁当を作ってもらって、葵は塾に行った。

仲のいい友達がいたけど、風邪を引いたみたいで、その日は塾を休んでいた。「ごめんね」とLINEが来た。「ううん。私は大丈夫。お大事にね」と返したが、本当は、あまり大丈夫じゃなかった。

塾は葵の通っている小学校から少し離れていることもあって、お弁当を一緒に食べるような友達は他にいない。お弁当を一人で食べるのは、何となく気詰まりだった。そんなに仲よくない子たちに気を遣われても面倒くさい。

だから塾の外に行って、お弁当を食べることにした。どこで食べるかは決めてあった。近くの公園だ。

その公園は塾の裏手にあって、あまり人がいない。見かけると言えば、ここを縄張りにしている黒猫と、ときどき発声練習をしている近くにある劇団の人くらいだった。

冬休み前だけど、もう十二月に入っている。風は冷たく、けっこう寒い。公園でお弁当を食べようとするのは、自分くらいのものだろうと思った。

そして、その予想は当たった。いつも見かける黒猫が昼寝をしていたが、人間の姿はなかった。大通りから外れた裏通りの公園だからなのか、誰かが通りかかりそうな雰囲気もない。

ここなら、周囲の目を気にせずにごはんを食べられる。葵はベンチに座り、家から持ってきたお弁当を開けた。大好物の玉子サンドが入っていた。ゆで卵を辛子マヨネーズで和《あ》えた具を食パンで挟んだものだ。

お父さんも料理を作るし、下手ではなかったが、玉子サンドはお母さんが作ったほうが美味《おい》しい。そう言うと、お母さんは笑う。

「親子って似るものね」

お父さんも、お母さんの作った玉子サンドが大好物だった。そんなところまで、葵はお父さんに似ている。

「いただきます」

葵は、公園のベンチで玉子サンドを食べ始めた。パンの耳を切り落としてある玉子サンドは柔らかく、ふんわりとやさしい。そのくせ辛子マヨネーズが、ピリリと舌を刺激する。ほっくりした玉子とよく合っていた。

美味しかった。

すごく美味しかった。

でも、食べているうちに涙があふれそうになった。おばあちゃんのことをまた思い出してしまったからだ。

この玉子サンドは、おばあちゃんの得意料理でもあった。遊びに行くと、作ってくれた。あまったパンの耳を揚げて砂糖をまぶして、ドーナツみたいにしてくれたこともある。

「これ、旨《うま》いんだよな」

「うん。いくらでも食べられる」

お父さんと葵はよろこんだ。やっぱり二人は似ている。パンの耳ドーナツも、大好物だった。おばあちゃんの家に来たときしか食べられないし、熱々のパンの耳ドーナツを冷たいアイスと一緒に食べると、もっと美味しい。

だけど、そのときも、お母さんが「こんなの、作らないでください」と文句を言い出した。しかも言うだけじゃなくて、せっかく作ってくれたパンの耳ドーナツを捨ててしまった。きっと、貧乏くさいと思って気に入らなかったのだろう。意識高い系のお母さんは、手作りのおやつにまで文句を付ける。

おばあちゃんは言い返さない。ただでさえ小さな身体をさらに小さくして、「ごめんなさいね」とお母さんに謝った。何も悪いことをしていないのに――謝る必要なんてないのに、申し訳なさそうに謝った。葵は、しょんぼりしたおばあちゃんの背中を思い出す。

ひどいことばかりしている。

自分もお母さんも最悪だ。

あふれそうになっていた涙が、葵の頬を伝って落ちた。我慢できなかった。涙が止まらなくなった。葵は、泣いてしまった。お弁当のバスケットを膝《ひざ》に置いたまま、ハンカチで顔を隠すようにして泣いた。

何分かそうしていたと思う。ふと足音が聞こえた。足音が、葵の座っているベンチに近づいてきた。

葵は、慌《あわ》てて涙を呑み込もうとした。誰かに泣いているところを見られたくなかった。公園に来たのが同じ塾の生徒だったら、変な噂を立てられてしまう。馬鹿にされてしまう。だけど、そんなに簡単に涙は引っ込まない。うつむいたまま、ハンカチで目を擦《こす》るように拭いて誤魔化そうとした。誰がやって来たのか見る余裕はない。そうしているうちに聞かれた。

「そこ、座っていい?」

男子の声だった。たぶん、同い年くらいの。最悪の事態だった。こんなところに来るのは、塾の生徒くらいだろう。同じ塾の男子に、泣いているところを見られてしまった。

返事ができずにいると、その男子は続けた。

「おれも弁当を食べたいんだけど」

この公園にベンチは二つしかなく、もう一つは壊れていて座ることはできない。それで、葵の座っているベンチに来たのだろうけど、迷惑な話だった。普通、遠慮する。自分だったら、他の人が座っていたら諦める。公園で食べようと思わない。図々《ずうずう》しい男子だ。

——他の場所に行ってよ。

そんな気持ちを込めて顔を上げた瞬間、心臓が跳ね上がった。図々しい男子ではなかった。葵は、やって来た男子を知っていた。

「橋本《はしもと》……先輩……」

思わず名前を呟いた。びっくりしすぎて、声が掠《かす》れてしまった。

橋本先輩は、塾の有名人だ。とにかく頭がいい。勉強がよくできて、先月の模擬テストでは、とうとう全国一位を取った。塾でも学校でも大騒ぎになった。

「すごいわね」

お母さんでさえ感心していた。

葵だったら有頂天になるところだけど、橋本先輩は調子に乗らない。塾の先生に褒《ほ》められても嬉しそうな顔をしなかったという。

このことにかぎらず、橋本先輩は大人びている。年下の自分が言うのもおかしいかもしれないが、小学生には見えなかった。

「人生二回目なのかもしれないな」

お父さんがそんなふうに言っていた。前世の記憶を持ったまま生まれ変わったという意味みたいだ。

それはどうだか分からないけれど、橋本先輩は他の男子みたいに騒いだりしない。いつも静かにしている。運動だってできるのに、クラスの人気者なのに、一人でいるのが好きみたいだ。他人にどう思われようと、気にしていないように見える。葵とは正反対だ。

でも、共通点もあった。住んでいる場所が近かった。同じマンションの同じフロアに家があった。親同士も知り合いで、けっこう仲がいい。橋本先輩に勉強を教えてもらったこともある。

かっこいい。

すごく、かっこいい。

葵は、橋本先輩のことをそう思っていた。いつもなら挨拶くらいするけど、まだ涙が残っていた。泣いているところを見られて、恥ずかしい気持ちがあった。

返事ができずに口ごもっていると、人生二回目の橋本先輩が言葉を換えて聞いてきた。

「おれがここで弁当を食べたら、邪魔だったりする？」

「だ……大丈夫です」

言葉を押し出すようにして答えた。そう言うのが、やっとだった。葵は、ほっとしていた。橋本先輩なら、葵が泣いていたことを言いふらしたりしない。

安心したせいだろう。また、涙があふれてきた。自分が橋本先輩みたいに大人だったら、おばあちゃんを傷つけずに済んだのに、とも思った。自分が自分であることが情けなかった。

誰かに聞いて欲しかったんだと思う。

慰めて欲しかったんだと思う。

葵は、とうとう声を上げて泣いてしまった。恥ずかしいくらい、幼稚園児みたいにわあわあと泣いた。


やっぱり、橋本先輩はやさしかった。

公園で泣き出した葵を、馬鹿にして笑ったり、面倒くさがったりしなかった。それどころか葵が泣き止むのを待って、真面目な顔で心配してくれた。

「大丈夫？　どっか痛い？」

「だ……大丈夫です……」

どこも痛くないと返事をすると、ほっとしたように「そっか」と頷いた。その顔がやさしくて、葵は橋本先輩に甘えてしまった。

「聞いてもらってもいいですか？」

「うん」

こうして、誰にも言えなかったことを話し始めた。公園のベンチに座って、橋本先輩に聞いてもらった。

千葉のおばあちゃんが死んでしまったこと。せっかく買ってもらったランドセルを使わなかったこと。お母さんがパンの耳のドーナツを捨ててしまったこと。

謝りたかった。

でも、謝ることはできない。

そのことが辛かった。おばあちゃんは、嫌な気持ちを抱えたまま死んでしまったに違いない。特に、お母さんのことは怒っていたに違いない。あんなふうに文句ばっかり言っていたのだから。

そう思うと、また胸が苦しくなった。それでも、泣かずに最後まで話すことができた。

「そういうことってある」

橋本先輩が、ポツリと言った。葵を慰めようとしているのではなく、心の底からそう思っている口調だった。

ふと橋本先輩を見ると、お弁当のバスケットに目を落としていた。

葵は、はっとした。今にも泣いてしまいそうな気がしたからだ。なんだか寂しそうな顔をしていた。悲しい出来事を思い出している顔だ。

でも橋本先輩は泣いたりせず、ふたたび独り言を呟くように言った。

「謝りたいのに、もう謝れないことってあるよな」

　それから何かを思いついたように、自分のお弁当のバスケットを開けた。入っていたのは、サンドイッチだった。

「これ、玉子サンド」

聞いてもいないのに、橋本先輩が教えてくれた。「私も――」と言いかけて、言葉を呑んだ。葵のお弁当の玉子サンドとは、まったく違うものがバスケットに入っていた。

びっくりして、じっと見すぎたのかもしれない。橋本先輩が、ちょっと引いた顔でさらに教えてくれた。

「厚焼き玉子のサンドイッチなんだ」

「なんか、すごい……」

自分でもよく分からない相づちを打った。厚焼き玉子をパンに挟むなんて思いつきもしなかった。

「美味しいですか？」

思わず聞いてしまった。誰がどう考えたって失礼な質問なのに、橋本先輩は怒らなかった。「どうだろう」と笑いながら、バスケットごとサンドイッチを差し出してきた。

「一個、あげる。よかったら食べて。けっこう上手にできたと思うから」

葵はびっくりした。一個、あげると言われたことに驚いたのではなく、最後の台詞《せりふ》に目を丸くしたのだった。

「自分で作ったんですか？」

「うん」

こくりと頷き、言葉を続けた。

「お母さんが作った玉子焼きをパンに挟んだんだよ。パンも切ってもらったし味付けもしてもらったけど、まあ自分で作ったようなものだよね。だって、サンドしたんだからさ」

橋本先輩は、いたずらっぽい顔をしていた。葵に冗談を言ったのだと分かった。「それ、ぜんぜん自分で作ってないから」と突っ込むところだろうけど、葵にそんな度胸はない。

「だから、遠慮しないで食べて」

「ありがとうございます。じゃあ、一個もらいます」

きちんと頭を下げて、バスケットから厚焼き玉子のサンドイッチをもらった。食パンも、自宅で焼いたのかもしれない。分厚くて、ふんわりした食パンだった。手に取っただけで、顔に近づける前から食パンの甘いにおいがする。

「いただきます」

「どうぞ。おれも、いただきます」

こんなふうにして、橋本先輩と並んでサンドイッチを食べることになった。葵は、厚焼き玉子サンドを口に運んだ。

「これ、すごい」

食パンは軽くトーストしてあって香ばしく、しっかりとバターが塗られていた。そこに和風のだしで焼き上げた厚焼き玉子が挟んであって、からしマヨネーズが付けてある。

「すごく美味しい……」

また呟き、橋本先輩の顔を見た。だけど先輩は、葵を見ていなかった。葵が声を出したことにも気づいていないみたいだった。厚焼き玉子のサンドイッチを食べもせず、公園の片隅に視線を向けていた。そこでは、黒猫が散歩していた。さっきまで昼寝していた黒猫だ。オスかメスかは分からないけれど、どことなく生意気そうな顔をしている。

じっと見ていると、葵たちの視線に気づいたらしく、いかにも面倒くさそうな感じでこっちに顔を向けて鳴いた。

「にゃあ」

猫の言葉は分からないが、その声が合図だったみたいに橋本先輩が口を開いた。葵を見て聞いてきた。

「おばあちゃんの家、千葉って言ったけど、どのあたり？」

唐突な質問だった。どうして、そんなことを聞くのか分からなかったけど、秘密にするようなことでもないと思ったから返事をした。

「千葉県君津市です」

「もしかして東京湾の近く？」

「は……はい」

葵が頷くと、橋本先輩が腑《ふ》に落ちたという顔で呟いた。

「やっぱり」

その言葉の意味が分からない。やっぱりって何だろう？　千葉県君津市に何かあるのだろうか？

「これって偶然じゃないよな……」

「偶然じゃない？　何がですか？」

そう聞き返しても、先輩は返事をしなかった。でも葵を無視したわけではなく、話を進めたかったみたいだ。ふたたび質問をしてきた。

「ちびねこ亭って知ってる？」

生まれて初めて聞いた言葉だった。葵が首を横に振ると、橋本先輩が説明を始めた。

「海の近くにある食堂でね」

「海って、東京湾ですか？」

「そう。小糸川沿いに歩いていくんだ」

　話を聞くと、おばあちゃんの家から歩いて行ける場所にあるみたいだ。そこまではいい。海のそばに食堂があっても、おかしいことはない。だけど、その後の言葉が不思議だった。

「ちびねこ亭で思い出ごはんを食べると、大切な人と会える」

「大切な人？」

「うん。死んじゃった人」

「え……」

　葵は驚いた。心の底から、びっくりした。また冗談を言ったのかと思ったが、橋本先輩は真面目な顔をしていた。

「死んじゃった人と会えるってことですか？」

　口に出して言うと、ますます漫画みたいだった。

「そういうこと」

　橋本先輩は頷き、さらに言葉を続けた。

「信じられないかもしれないけど、本当の話。嘘じゃないから」

　嘘じゃないからと言われても、どう反応すればいいのか分からなかった。葵が言葉を失っていると、橋本先輩はスマホを取り出した。画面に指を滑らせて、何かを検索し、葵に見せた。

「ブログですか？」

「うん。ツイッターでもインスタでもないやつ。昔、けっこう流行《はや》ってたんだよ」

先輩はふたたび頷いた。まだ六年生なのに、昔のことを知っているような言い方だった。ブログくらい知っていたが、確かに周囲にやっている人はいなかった。

「読んでみてよ」

「は……はい」

相変わらず意味が分からなかったけれど、葵は改めて橋本先輩のスマホをのぞき込んだ。

ちびねこ亭の思い出ごはん

そういうブログのタイトルみたいだ。さっき橋本先輩から聞いた言葉だった。でも、やっぱり、どう反応していいのか分からない。何を見せられているのかも分からなかった。問うように橋本先輩の顔を見ると、促《うなが》された。

「記事も読んでみて」

「はい」

よく分からないまま返事をし、またスマホを見た。そんなに難しい漢字も使われていなかったので、とりあえず読むことはできた。

このブログ――『ちびねこ亭の思い出ごはん』を書いているのは、葵のお母さんより年上の女の人みたいだった。

そう思ったのは、こんな文章が載っていたからだ。

夫が行方不明になったのは、もう二十年も昔のことです。

海へ釣りに行ったまま、いなくなってしまいました。

海で遭難したということだろうか？

帰ってくるどころか、死体も見つからなかったらしい。ブログには、女の人のその後のことが書かれていた。

生きているわけがない。諦めたほうがいい。

警察や地元の漁師さんたちに言われました。でも、諦め切れずにいます。

「君より長生きする。絶対に先に死なない」

結婚するとき、夫はそう言いました。私に約束してくれました。

私は、その言葉を信じます。子どももいるのに、先に逝《い》くはずがありません。


胸が苦しくなるほど重い話だった。

お父さんが言っていたけど、あのあたりは、日本製鉄ができるまで漁師町だったようだ。

海で死んだ人もたくさんいたのかもしれない。

でも、暗いことばかりではなかった。その女の人は、『ちびねこ亭』という名前の食堂を始める。

ここで初めて「思い出ごはん」という言葉が出てきた。

食べて行けるようになったのは、思い出ごはん——陰膳《かげぜん》のおかげです。

葵は、その言葉を知らなかった。首を傾げていると、橋本先輩は察したらしく教えてくれた。

「陰膳には、二つの意味があるんだ」

一つは、不在の人のために供える食事。もう一つは、死者を弔うための食事。葬式や法要のときに、死者のための膳を用意することがあるが、それも「陰膳」と呼ばれている。もともとの意味は前者だが、最近では、死者のための膳を指すことが多いのかもしれない、と橋本先輩は言った。

「葬式のときに、死んじゃった人のためにごはんを用意するよね」

言われてみると、おばあちゃんのお葬式のときにお膳を見た記憶があった。葵は納得し、ブログを読み進めた。

客の注文とは別に、女の人は夫の無事を祈って陰膳を作っていた。そうこうしているうちに、死んでしまった身内や友人を弔《とむら》うための陰膳を注文する客が現れ始めた。葬式や法要でなくとも、死者を弔いたいと思う人間は多い。


生きることは、失うこと。

誰もが何かを失いながら生きている。


そんな言葉が書いてあった。

そして女の人は、陰膳の注文を「思い出ごはん」として受けた。死んでしまった人の思い出を聞き、その人を偲《しの》ぶ料理を作ったのだ。

奇跡が起こりました。

信じられないことが起こったのです。

心を込めて作った思い出ごはんを食べるたびに、大切な人との思い出がよみがえり、ときには、故人の声が聞こえてくるようになった。死んでしまった人と会うことができた者さえいる。

そんなふうに書いてあった。

びっくりするような内容だった。少し前に塾で習った『狐につままれる』という言葉の意味が分かったような気がした。

自分では気づかなかったけど、きょとんとした顔をしていたのかもしれない。ブログを読み終えて顔を上げると、橋本先輩が苦笑いを浮かべていた。

「嘘っぽいよね」

声までが苦笑いをしている。確かに、嘘みたいな話だ。でも葵は信じた。橋本先輩の話やブログを本当だと信じた。

思い出ごはんを食べれば、おばあちゃんに会えると信じた。きっと、信じたかったんだと思う。葵は、橋本先輩に言った。

「私もちびねこ亭に行きたいです」

四年生になって、いろいろなことができるようになったけれど、東京から千葉県君津市まで一人で行くのは難しい。電車の乗り方を知っていても、一人で行くのは無理がある。不安だったし、けっこうお金がかかるし、それ以前に、お父さんやお母さんが許してくれるとも思えなかった。

「一緒に行こうか？」

橋本先輩が言ってくれるのを、葵は「大丈夫です」と断った。本当はそうして欲しかったが、一人で行ったほうがいいような気がした。それに、橋本先輩はもうすぐ受験だ。勉強の邪魔をしたくなかった。

橋本先輩は、葵が断るのを予想していたみたいだった。「そっか」と頷き、「確かに、一人で行ったほうがいいかも」と続けた。

「私もそう思います」

自分に言い聞かせるように言って、ちびねこ亭の話はそれで終わった。塾に戻る時間になってしまったのだ。

橋本先輩が、お弁当を片付けながら言った。

「櫂《かい》さんとちびによろしくね」

お店の人と猫の名前らしい。話を聞いている途中でも思ったけど、橋本先輩はちびねこ亭に行ったことがあるみたいだ。

本当に死んだ人に会えたのか。もっと詳しく聞きたかったが、聞いてはいけないような気がして、葵はただ頷いた。

「はい」

だけど、いつ行けるかは分からない。正直に言えば、このままずっと、ちびねこ亭に行けないような気もしていた。少なくとも小学生のうちは、一人で電車に乗っていくのは無理だ。

でも、その予想は外れる。

ちびねこ亭の話を聞いて何日もしないうちに、おばあちゃんの家に行くことになったのだった。

千葉県君津市に。

ちびねこ亭まで歩いていける場所に。

お父さんとお母さんと一緒に行くのだが、一人になる時間があった。これで、ちびねこ亭に行ける。

今までずっと神様なんていないと思っていたけど、本当はいるのかもしれない。そして、神様は、ときどき気まぐれを起こして人間のお願いを聞いてくれる。そうとしか思えなかった。

そんなふうにして、おばあちゃんの家に行くことが決まったその日のうちに、橋本先輩に頼んで、ちびねこ亭に電話してもらおうと思った。

思い出ごはんを食べるためには、予約が必要らしい。お店で何を注文するかも、言っておかなければならないみたいだ。自分で電話するつもりだったけど、小四の女子の声では、いたずらだと思われてしまう気がして、橋本先輩に頼んだのだった。

「いいよ」

事情も聞かずに引き受けてくれた。勉強が忙しいだろうに、嫌な顔一つしなかった。葵が頼むのを待っていたようにさえ思えた。

「予約、何時にする？」

橋本先輩に聞かれた。この質問は難しくない。お母さんは、よほどのことがないかぎり予定通りに行動する。しかも、前もって何をするか決めておくタイプだった。今回も、市役所や銀行に行く計画をきちんと立てていた。だから葵が一人になる時間も、だいたい予想できた。そのあたりの時間で予約を取って欲しいと、橋本先輩にお願いした。

いくら大人っぽくても、橋本先輩だって小学生だ。まだ声変わりもしていない。お店の予約を取るのは難しいかもしれないと思っていると、すぐに連絡があった。前置きもなく、あっさり言った。

「予約、取れたから」

こうして、葵はちびねこ亭に行くことになった。


ここから先は、千葉県君津市に着いてからの話だ。お父さんとお母さんの自動車が見えなくなってから、十五分くらい経った。忘れ物をして帰ってくる気配はない。葵は戸締まりをして、おばあちゃんの家を出た。

ちびねこ亭がどこにあるかは、橋本先輩に教えてもらっていた。おばあちゃんの家から歩いて二十分くらいのところにあった。

知らないお店まで二十分も歩く。葵の暮らしている都内なら迷子になったかもしれないけど、千葉県君津市にはそんなにお店がないし、また、分かりやすい目印があった。おばあちゃんの家の前を流れる小糸川だ。

小糸川は東京湾につながっていて、ちびねこ亭はそのそばにあるらしい。まっすぐ歩けば、思い出ごはんを作ってくれる食堂に着くはずだった。

「大丈夫だよね……」

思わず呟いた。不安だったからだ。この町を一人で歩いたことはなかった。どこに何があるかもよく知らない。ただ、小糸川沿いの道は、おばあちゃんと何度か歩いたことがあった。海を見に行ったこともある。葵が小学校に入る前の話だけれど、不思議なことにおぼえていた。

記憶を辿《たど》るように、小糸川沿いを歩いた。堤防の歩道は、人通りもなく静まり返っている。おばあちゃんと歩いたときは、近所のお年寄りたち何人かと会ったが、今日は誰にも会わなかった。

意味もなく肩を竦めて、葵はまっすぐ歩いた。すると海に出た。東京湾が広がっていた。そして、耳に飛び込んできた鳴き声があった。

「ミャーオ、ミャーオ」

猫みたいな声だけど、葵はこの正体を知っている。ずいぶん前に、おばあちゃんに教えてもらった。

「ウミネコだ」

葵はまた呟いた。夏休みの調べ学習の題材にもしたので、名前と鳴き声以外のことも知っていた。

うみねこ【海猫】

日本近海の島にすむカモメ科の海鳥。体は白く、背と翼は濃い灰青色。鳴き声は猫に似る。

ウミネコとカモメの違いも知っている。キュー、キューと鳴くのがカモメだ。猫みたいな鳴き方はしない。それから、くちばしの色も違う。カモメはほとんど黄色だけだが、ウミネコのくちばしは黄色と黒と赤の三色で模様になっている。ネットで検索すると、はっきりと違いが分かる。

東京湾にはカモメもいるだろうけど、耳に届くのはウミネコの鳴き声ばかりだ。子猫が迷子になって困っているような鳴き声だった。

前に聞いたときは、そんなふうには聞こえなかった。季節や年によって、ウミネコの鳴き声は変わるのだろうか？

不思議に思いながら、葵は東京湾の砂浜を歩いた。見渡すかぎり、誰もいなかった。ウミネコの鳴き声と波の音が大きく聞こえる。それくらい静かだった。食堂があるような雰囲気はない。

「でも、橋本先輩が言ったんだから」

そう自分に言い聞かせた。先輩は嘘をつかないし、間違った場所を教えたりもしない。

砂浜を歩きながら、改めて思った。ちびねこ亭に行って思い出ごはんを食べれば、おばあちゃんに会うことができる。ごめんなさいと謝ることができる、と。

どうしても、おばあちゃんに謝らなければならない。許してもらわなければならない。

「それまでは帰れないから」

決意を口に出し、葵は足を進めた。そうして何分か歩くと、やがて小道に辿り着いた。

雪のように白い貝殻が敷いてある小道があった。橋本先輩に聞いたとおりの綺麗な小道だ。

ちびねこ亭は、この先にある。気が急《せ》いた。小走りになった。貝殻の白い小道を進むと、青い建物が見えた。

――あれだ。

葵は駆け寄った。建物の入り口のそばに黒板が置いてあって、白チョークで文字が書いてあった。

ちびねこ亭

思い出ごはん、作ります。

それから、おまけみたいな小さい字で、こんな言葉が添えられていた。

当店には猫がおります。

可愛らしい子猫の絵まで描いてあった。これも、橋本先輩に教えられたとおりだった。もう、間違いない。

「ちゃんと着いた」

葵は言った。ちびねこ亭に着いたんだと思った。店も閉まっていない。一人で食堂に入るのは初めてだったから緊張していたけど、迷わずに辿り着いた安心感のほうが大きかった。

――もうすぐ、おばあちゃんに会える。

そう思うと、心臓がドキドキし始めた。葵は深呼吸して、お店に入ろうと扉に手をかけた。

だけど入れなかった。ちびねこ亭の扉を押そうとしたときだ。突然、看板代わりの黒板の陰から鳴き声が聞こえた。

「みゃあ」

ウミネコではない。本物の猫の声だった。視線を向けると、茶ぶち柄の子猫がいた。黒板の陰に隠れるように座って、首を傾《かし》げて葵を見ている。

猫が首を傾げるのは目が悪いからだ、と聞いたことがあるので、葵は何歩か近づいてみた。すると茶ぶち柄の子猫が、また鳴いた。

「みゃん」

よく見なくても、黒板の絵とそっくりだった。葵は、橋本先輩の言葉を思い出していた。

「あなたが、ちびなの？」

「みゃ」

子猫が返事をするように鳴いた瞬間、今度は、カランコロンと音が鳴った。ドアベルの音だった。

ちびねこ亭の入り口の扉がゆっくりと開き、眼鏡をかけた二十歳くらいの男の人が出てきた。葵の声が、お店の中まで聞こえていたようだ。こっちを見て、声をかけてきた。

「こんにちは」

何もかもがやさしかった。葵が好きなアイドルに少し似ている。少女漫画のキャラにいそうな、いい人系のイケメンだ。

「みゃあ」

茶ぶち柄の子猫が、葵の代わりに返事をした。でも、男の人は視線を外さない。葵が口を開くのを待っているのだ。

知らない人と話してはいけないと、お父さんにもお母さんにも、学校の先生にも言われていたけれど、たぶん、お店の人だ。挨拶と自己紹介をすることにした。

「こんにちは。あの、吉田葵です」

「本日はご予約ありがとうございます。ちびねこ亭の福地《ふくち》櫂です」と、おじぎをしながら丁寧に返事をしてくれた。

橋本先輩の言っていた櫂さんだった。まだ店に入ってもいないのに会うことができた。

「ええと、思い出ごはんを……」

何て言えばいいのか分からず言葉に詰まったが、櫂さんが助けてくれた。

「橋本さまより伺っております。すぐに用意いたしますので、どうぞ、お入りください」

やさしい声で言って、扉を大きく開けてくれた。アニメに出てくる執事みたいに親切だった。

ここは、お礼を言うところだ。ありがとうございます、と頭を下げようとした葵を追い越して、先に返事をしたものがいた。

「みゃ」

茶ぶち柄の子猫だ。返事をしただけではなかった。しっぽを立てて、我が物顔で店に入っていく。その姿を見て、櫂さんが文句を言った。

「あなたのために開けたのではありません」

子猫相手に丁寧《ていねい》な言葉遣いでしゃべっているのが、おかしかった。しかも、説教を始めた。

「外に出ては駄目だと言ったはずです。何度、言わせるのですか」

脱走の常習犯らしい。交通事故や他の猫との喧嘩、迷子と外には危険がたくさんある。家から出さないようにしている飼い主も多いみたいだ。だけど、言うことを聞かない猫も多い。

「みゃ」

茶ぶち柄の子猫が、どことなく適当な感じで返事をした。そのまま振り返りもせずに、お店に入っていった。

その姿を見送るように何秒か黙っていたが、やがて櫂さんはため息をつき、ふたたび葵に向き直った。

「お騒がせして申し訳ありません。今の子猫が、ちびねこ亭の看板猫のちびです」

やっぱり、ちびだった。自分の名前を呼ばれたと分かったのだろうか。お店の中から返事をした。

「みゃん」

葵は、くすりと笑ってしまった。


茶ぶち柄の子猫を追いかけるように、葵はちびねこ亭に入った。

小さなお店だった。四人掛けの丸テーブルが二つ置かれているだけだ。他に席は見当たらず、八人しか座れない。

葵の知っている食べ物屋さん——フードコートやファストフード店、ファミレスなんかとは何もかもが違う。家族旅行したときに入ったホテルのレストランとも違っていた。

でも、素敵なお店だった。上手く説明できないけど、やさしい感じがする。絵本に出てくる丸太小屋みたいな雰囲気だ。テーブルも椅子も木でできていて、壁際には、古めかしい大きなのっぽの時計があった。チクタク、チクタクと音が聞こえる。

「みゃ」

ちびが小さい声で鳴き、古時計のそばに置いてある安楽椅子に飛び乗った。そして、あっという間に丸くなった。昼寝の時間のようだ。古時計のそばが、お気に入りの場所なのかもしれない。

「こちらの席でよろしいでしょうか？」

櫂さんが案内してくれた。その席は窓際で、景色がよく見えた。東京湾が目の前にある。

「は……はい」

葵は答えた。緊張がぶり返していた。だって誰もいないのだ。

初めて会った大人の男の人——それもテレビに出てくるような、かっこいい男の人と二人きりなのは緊張する。ちびはいるけれど、完全に眠ってしまったみたいで丸くなったままだ。

櫂さんは、口数の少ない静かなタイプだった。雑談もしなかったし、葵を大人みたいに扱ってくれる。お尻のあたりが落ち着かなかった。自分以外に、お客さんは来ないのだろうか？

そう思ったことが顔に出たらしく、櫂さんが教えてくれた。

「他のお客さまがいらっしゃる予定はありません」

「え？」

葵が聞き返すと、櫂さんがびっくりすることを言い出した。

「思い出ごはんのときは、貸し切りとさせていただいております」

貸し切り。

その言葉は知っていた。漫画とかで、お金持ちがよくやるやつだ。お洒落な服を着てパーティをやっている絵が思い浮かんだ。

「ええと、お金……」

葵はおずおずと言った。不安になっていた。いくらかかるかは橋本先輩から聞いていたけど、普通のごはん代と変わらない値段だった。貸し切りだと、もっと高いんじゃないかと思ったのだ。

払えなかったら恥ずかしいし、お父さんとお母さんに連絡されるのも避けたい。でも、その心配はいらなかった。

「橋本さまにお話ししましたが――」と、金額を教えてくれた。橋本先輩から聞いた通りの値段だった。少し、ほっとした。

葵が納得するのを見て、櫂さんが話を進めた。

「それでは、ご予約いただいた思い出ごはんを用意いたします。少々、お待ちくださいませ」

ふたたびアニメの執事のようにおじぎして、テーブルのそばから離れ、キッチンらしき場所に行ってしまった。

ちびねこ亭には、テレビも雑誌も置いてないみたいだ。スマホを持ってきたけど、なんとなく触る気になれなかった。

窓の外には、大きな海がある。青い海と大空が広がっていて、何羽ものウミネコが白い砂浜を散歩している。飛んでいるウミネコもいた。ミャオミャオと鳴いている。お店の中にいるせいか、さっきよりも柔らかい声で鳴いているように聞こえた。

ときどき、ちびがムニャムニャと寝言らしき声を漏らした。しっぽが小さく揺れている。猫も夢を見るみたいだ。

何もかもが、のどかだった。葵は、のんびりした気持ちになった。本当に居心地のいいお店だ。

ただ、お寺や神社みたいな雰囲気は少しもなかった。そう思うと、さっきとは違う意味で不安になってくる。

思い出ごはんを食べると、大切な人と会えるんだ。

橋本先輩は言っていた。葵はその言葉を信じて、ちびねこ亭に来た。おばあちゃんに会うためにやって来たのだ。

だけど、死んだ人が現れそうな雰囲気はない。

「おばあちゃんと本当に会えるの？」

声に出して呟くと、眠っているはずのちびが返事をした。

「みゃん」

これも寝言だったらしく、子猫は椅子の上で丸まったままだ。いつの間にか、しっぽも身体に丸め、小さな鞠《まり》のようになって眠っていた。

その様子を見ているうちに、なぜかは分からないけれど、大丈夫だと言われた気がした。

「そっか……」

葵はふたたび呟いた。窓の外でウミネコが、ミャオミャオとまた鳴いた。

十分か二十分くらい経ったころ、櫂さんがキッチンから出てきた。銀色のトレーを持っていて、その上には、葵の思い出ごはんが載っている。美味しそうなにおいで分かった。

「お待たせいたしました」

テーブルに近づき、櫂さんは言った。そして葵の注文した料理を並べ、改めて紹介してくれた。

「お味噌汁です」

ちゃんと二人分あった。一つは、おばあちゃんの分だろう。陰膳という言葉を思い出した。

テーブルに置かれたお椀《わん》を見て、葵は目を丸くした。おばあちゃんの作ってくれたお味噌汁にそっくりだったからだ。

もちろん、違いはある。お椀も違うし、具材の切り方も微妙に違う。だけど、やっぱり、おばあちゃんのお味噌汁だ。

パンの耳、落とし卵。それから、バター。

その全部が入っていた。お味噌のにおいに混じって、パンとバターの香りがしている。

櫂さんが、丁寧な口調で確認するように聞いてきた。

「ご注文いただいた通り、トーストしたパンの耳を使いました。焼き加減は、こ、こんがりでよろしかったでしょうか？」

「は……はい。ありがとうございます」

おばあちゃんも、こんがり焼いていた。パンの耳の香ばしいにおいさえ懐かしかった。

そして、この料理は美味しい。

パンの耳とバターをお味噌汁に入れるというと、ゲテモノっぽく思えるかもしれないが、そんなことはない。しっとりとしたパンの耳の甘さが、味噌とよく合う。落とし卵とバターが入っているおかげで、ボリュームもあった。パンの耳を半熟の卵の黄身に絡めて食べるのだ。醬油を軽く垂らしても美味しい。

おばあちゃんの大好物だった。バターをたっぷり入れて醬油を多めにかけるのが、お気に入りの食べ方だった。

それなのに、お母さんは「食べちゃ駄目ですよ」と叱るように言って、せっかく作ったお味噌汁を捨ててしまった。

パンの耳を食べるのは貧乏くさい、と葵も思ったけど、いくら何でも捨てることはない。思い出すだけで悲しい気持ちになる。おばあちゃんは、いつものように「ごめんなさいね」と謝っていたが、葵以上に悲しかったはずだ。お母さんのことを、ますます嫌いになったはずだ。

また、泣きそうになった。鼻の奥がむずむずして、涙が込み上げてきた。おばあちゃんの小さく丸まった背中が思い浮かんだ。

こんなところで泣くわけにはいかない。櫂さんは笑わないだろうけど、さすがに恥ずかしい。

「どうぞ、お召し上がりください」

　櫂さんに言われた。葵は涙を呑み込んで、どうにか返事をした。

「は……はい。いただきます」

　お味噌汁を手に取った。お椀は温かく、味噌とバター、トーストしたパンの香りが混じったような湯気が立っている。その湯気ごと、お味噌汁をすすった。

「美味しい」

　口から出たのは、本音だった。お父さんやお母さんの作るお味噌汁よりも、味噌の味が濃くて、こってりとしている。まさに、おばあちゃんの味だった。醬油を垂らしているせいだろうか。パンの耳が入っているのに、ご飯が欲しくなった。

「すごく美味しいです」

　葵が繰り返すと、櫂さんが穏《おだ》やかに返事をした。

「ありがとうございます。ヤマニ味噌で作りました」

　千葉県佐倉市にある老舗《しにせ》らしい。明治二十年（一八八七）創業のお店だと教えてくれた。百年以上の歴史があり、『菜の花味噌』や『花こうじ味噌』など人気商品も多いという。

「このあたりでも、ヤマニ味噌を使っているご家庭は多いようです」

　櫂さんの話を聞き、葵はふと思った。

——おばあちゃんも、この味噌を使っていたのかもしれない。

味に覚えがあったからだ。自信はなかったけれど、おばあちゃんの家の冷蔵庫で『ヤマニ味噌』という字を見たような気もした。

もう一口、お味噌汁を飲もうとしたときのことだ。ふいに音が鳴った。


カラン、コロン。


ちびねこ亭のドアベルの音だった。誰かが来たみたいだ。今日は葵一人だと聞いていたけれど、お客さんだろうか？

入り口のほうを見ると、扉が開いていて、風が吹き込んできた。今は一月なのに、春のにおいのする風だ。暖かくて、何だかやさしい。懐かしい感じがした。

でも不思議だった。人が入って来ないのだ。風でドアが開いたのかな、とも思ったけど、そこまで強い風ではなかった気がする。

しかも、ドアの先を見ると、真っ白で何も見えなかった。霧が立ち込めているみたいだった。

山の天気は変わりやすいと言うけれど、海もこんなふうに変わるのだろうか？

何も見えないほど濃い霧が、急に立ち込めるものなのだろうか？　分からなかった。何が起こっているのか分からない。こんな天気に巻き込まれたのは、生まれて初めてのことだった。葵は自分で考えるのを諦めて、櫂さんに聞いてみることにした。

だけど質問はできなかった。視線を向けたが、いなかったのだ。テーブルのそばに立っていたはずの櫂さんが消えていた。足音を聞いた記憶はなかったけれど、キッチンに戻っていったのだろうか？

葵に何も言わずにキッチンに行ってしまうとは思えなかったが、他に考えようはない。少しだけ大きな声を出して呼びかけた。

〝あの……〟

途中で止めたのは、声がおかしかったからだ。遠くから聞こえるみたいにくぐもっていた。何度か咳払《せきばら》いをしてみた。その音もくぐもっていた。耳のほうがおかしくなってしまったのかもしれない。

〝これって——〟

その先の言葉は続かない。霧のことなど忘れてしまうくらい不安になった。独りぼっちなのも、声がおかしいのも怖かった。

〝そうだ、電話〟

スマホを持ってきたことを、やっと思い出したのだ。お父さんかお母さんに電話しよう。そして、迎えに来てもらおう。内緒で家を抜け出したとバレてしまうけど、気にしている場合じゃない。お父さんとお母さんの声を聞きたかった。

ポケットからスマホを取り出し、画面に指を当てた。お母さんのスマホに電話しようとしたのだ。しかし——。

〝……使えない〟

葵は唖然《あぜん》とした。いつの間にか圏外になっていた。ワイファイも飛んでないみたいだ。

〝どうしよう……〟

泣きそうな声で呟いたときだった。

〝みゃん〟

猫の鳴き声が聞こえた。くぐもってはいたけれど、聞きおぼえのある鳴き声だ。急いで視線を向けると、ちびの姿が目に飛び込んできた。椅子の上に立って、入り口を見ていた。

ちょっとだけ、ほっとした。子猫だろうと、そこにいるのが嬉しかった。ちびは消えてなかった。葵は声をかけた。

〝あなたは、いなくならなかったのね〟

〝みゃあ〟

返事をするように鳴いたが、こっちを見ようとはしない。じっと入り口の外を見ている。

〝何かいるの？〟

〝みゃ〟

答えたみたいだけど、やっぱり猫の言葉は分からない。何を考えているかも分からなかった。

仕方なく、葵は改めて外を見た。相変わらず真っ白だった。霧というより雲の中にいるような感じだ。

窓に視線を移してみたが、ドア越しに見える景色と一緒だった。海も空も砂浜も見えない。ただ、真っ白な空間があるだけだった。

また心細くなった。この世に取り残された気がした。

ふたたび葵が泣きそうになっていると、ちびが椅子から飛び降りて、入り口のほうに向かって歩き始めた。

〝どこに行くの？〟

半べそをかきながら聞いた。お店の外に出たいのだろうか。その気持ちは分かるけど、子猫を外に出すのは危ない。ましてや、今は普通の状態ではないのだから。

〝駄目だよ〟

追いかけようとした瞬間、茶ぶち柄の子猫の足が止まった。不思議な沈黙があった。でも、その静寂は短いものだった。

数秒後、人間のものらしき足音が聞こえた。こっちに近づいて来る。ちびねこ亭に向かって来ている。

今度こそ、お客さんが来たみたいだ。分かってはいたけれど、葵は固まっていた。こんな状況に置かれて、いっぱいいっぱいだった。声も出ず、何も考えることができない。

やがて、白い人影がお店に入ってきた。それは、女の人だった。葵のよく知っている女の人だ。

ちびは、出迎えに行ったみたいだ。入り口の前で礼儀正しく座って、歓迎するように小さく鳴いた。

〝みゃあ〟

〝あらまあ、こんにちは〟

女の人が答えた。くぐもってはいるけれど、知っている声だった。このやさしい話し方もおぼえている。

〝みゃん〟

ちびが挨拶を返し、一仕事終わったと言わんばかりに椅子に戻っていった。これ以上の相手をするつもりはないようだ。大欠伸《おおあくび》をして、ふたたび椅子の上で丸くなってしまった。

その様子を横目で見ながら、女の人が近づいてきた。お店は小さく、すぐに葵のテーブルのそばまで来た。そして立ち止まり、葵に質問をした。

〝座ってもいいかしら？〟

女の人の前には、思い出ごはんがあった。陰膳――おばあちゃんの分だ。だから、葵は頷いた。

〝……うん〟

何とか声が出た。会いたかった人に、大好きなおばあちゃんに、どうにか返事をすることができた。

そう。

現れたのは、おばあちゃんだった。生きていたころと少しも変わらない、やさしい顔と声で葵に言う。

〝会いに来てくれたのね〟

〝……うん〟

さっきから、こればっかりだ。頷くのが、やっとだった。胸がいっぱいになって話せなかった。

葵の目からホロリと涙がこぼれた。それを追いかけるように、嗚咽《おえつ》が込み上げてきた。鼻の奥がツンと痛い。どうしようもなく涙があふれてくる。

〝おばあちゃん……〟

そう呟いたけれど、あとが続かない。葵は泣いてしまった。しゃくり上げるようにして泣いた。大好きなおばあちゃんに会えたことが嬉しかった。すごく嬉しいのに、涙は止まらない。

幼稚園児みたいに泣いていると、ふいに、橋本先輩の声がどこからともなく聞こえてきた。


死んじゃった人に会えるのは、ちょっとの間だけなんだ。

思い出ごはんが冷めると、あの世に帰っちゃう。

それで、もう二度と会えない。

悲しいけど、仕方ないよね。

一度だけでも会えるのが奇跡なんだから。

そんな言葉を言われたことはないのに、はっきりと聞こえた。空耳だとは思えなかった。きっと本当のことだ。おばあちゃんと話す機会は、たぶん今しかない。

葵は、パンの耳の入ったお味噌汁を見た。まだ湯気が立っていたけど、すぐに冷めてしまいそうに思えた。

謝らなければならない。

許してもらわなければならない。

葵は泣きながら謝った。死んでしまった祖母に——大好きなおばあちゃんに頭を下げた。

〝おばあちゃん、ごめんなさい。ランドセルのこと、ごめんなさい〟

でも、戻ってきたのは沈黙だった。おばあちゃんは何も言わない。心のどこかで謝れば許してくれると思っていたけれど、葵を許してくれるとは言わなかった。やっぱり怒っているのだ。

気持ちが挫《くじ》けた。まだ言わなければならないことがあるのに、言葉が出てこなくなった。

何秒かがすぎた。もしかすると、何分かだったかもしれない。思い出ごはんの湯気が消え始めているように見えた。

このままじゃあ駄目だ。

おばあちゃんに会えた意味がない。

葵は唇を噛んで、もう一度、謝ろうと口を開きかけた。だけど、おばあちゃんの言葉のほうが早かった。

〝葵ちゃん、違うわよね〟

おばあちゃんは言った。何もかも知っているみたいな言い方だった。でも、その通りだ。ランドセルのことを謝りたかったのは嘘じゃないけど、他に用事があった。

〝本当に謝りたいのは、自分のことじゃないわよね〟

ズバリと言われた。葵はコクリと頷く。

〝……うん〟

そして、涙を拭った。泣いてる場合じゃない。今度こそ、ちゃんと言わなければならない。ちゃんと話さなければならない。

葵は息を吸い込んで、おばあちゃんに頼んだ。

〝お母さんを許してあげて〟

この言葉が言いたかった。お母さんのことを謝りたくて、おばあちゃんに会いに来たのだ。

何も分かっていないようで、子どもは、いろいろなことを知っている。特に女子は耳ざとい。噂にも敏感だ。大人たちの話を聞いていて、自分や自分の家族がどう思われているかを気にしている。

お母さんがどう思われているかは、小学生の葵でも分かる。意識高い系で、空気を読めない。学校や塾に来ても、近所でも、親戚の集まりでも余計なことばかり言っている。言っても仕方のないことを言ってしまう。恥ずかしいと思ったことも、一度や二度ではなかった。

だけど、お母さんのことは嫌いにはなれない。嫌いになれるわけがない。思い出すのは、小学校に入ったばかりのころのことだ。自転車とぶつかって、腕を骨折したことがあった。お母さんと一緒に歩道を歩いていると、いきなり、おばさんの運転する電動アシスト自転車が突っ込んできたのだ。

葵は吹き飛ばされるように転んだ。痛くて痛くて、たくさん泣いた。死んじゃうのかと思ったほど痛かった。

「葵っ！」

お母さんが叫んだ。世界中の人に聞こえそうな大声だった。そして、泣いている葵に言った。

葵ちゃん、大丈夫だから。

お母さんが助けてあげるから。

いつだって、お母さんは葵を助けてくれた。必死に守ろうとしてくれた。今も葵の味方だ。

そんなお母さんが、おばあちゃんに嫌われている。せっかく買ってくれた赤いランドセルに文句を言ったり、パンの耳ドーナツやお味噌汁を捨ててしまったり、お母さんはひどいことばかりしている。悪いのは、お母さんだ。最低だと思う。

でも、葵は見捨てることができない。やさしいおばあちゃんがお母さんを呪うとは思わなかったけれど、怒っているのは間違いない。

そう思うと、身体が震える。お母さんが嫌われるのは耐えられない。今度は、葵がお母さんを助ける番だ。

助けなければならない。

おばあちゃんに謝るんだ。

〝お母さん、悪い人じゃないから。ちょっと空気を読めないだけなんだよ〟

必死だった。お母さんのために言い訳をした。おばあちゃんが怒っているなら、お母さんの代わりに叱られようと思った。

〝意識高い系で余計なことばっかり言っているけど、悪気とかないと思うから。でも

――〟

ごめんなさいと謝ろうとしたときだった。おばあちゃんが吹き出した。

〝意識高い系なんて、葵ちゃんは難しい言葉を知ってるのね〟

面白い話を聞いたときみたいに笑っている。葵は、どうして笑われるのか分からなかった。

〝すっかり大人になったのね〟

しばらく笑った後、感心している。怒ってはいないようだが、腑に落ちない。笑われるようなことを言ったおぼえはなかった。

葵が黙っていると、今度は、おばあちゃんが謝った。

〝笑ったりして、ごめんなさいね。葵ちゃんが急に大人になったから、びっくりしちゃったのよ〟

きちんと頭を下げてから、言葉を続けた。

〝それにね、葵ちゃんのお母さんのことを怒ってないわよ。あんな、やさしい人を怒れるわけないわ〟

〝やさしい？〟

きょとんとして聞き返した。お母さんが、おばあちゃんにやさしくしているところを見た記憶がなかったのだ。

いつだって文句ばかり言っていたし、せっかく作ったパンの耳ドーナツやお味噌汁を捨てたお母さんが、やさしいとは思えなかった。

〝やさしくはないと思うけど〟

葵が言うと、おばあちゃんはふたたび吹き出した。そして、首を横に振った。

〝あれは文句じゃないのよ。おばあちゃんのことを心配してくれたのよ。パンの耳ドーナツやお味噌汁を食べちゃ駄目だって言ったのも、ちゃんと理由があるの〟

嘘をついている口調ではなかったけれど、葵には意味が分からなかった。心配？　理由？

葵は、首を傾げた。すると、おばあちゃんがその言葉の意味を教えてくれた。

〝歳をとると、食べちゃいけないものができるのよ。揚げ物も、しょっぱい食べ物も控えなさいって、お医者さまに言われていたの。それなのに、ついつい食べちゃってたのよ〟

おばあちゃんは、恥ずかしそうに苦笑いを浮かべた。葵の知らなかったことだ。お母さんは、何も教えてくれなかった。だけど、塩分控え目が身体にいいことくらいは知っている。

〝お母さんは、おばあちゃんが病気にならないように、あんなことをしたの？〟

〝そうよ〟

おばあちゃんは頷き、ずっと内緒にしていた秘密を打ち明けるように言った。

〝ずっと心配してくれたんだから。最後に入院したときなんて、おばあちゃんのために泣いてくれたのよ〟

〝泣いた？　あのお母さんが？〟

驚いて聞き返すと、おばあちゃんがまた吹き出した。

〝あのって言い方はないわ。お母さんに悪いわよ〟

やさしく窘《たしな》めるように言って、おばあちゃんが最後に入院したときのことを話してくれた。お母さんは、おばあちゃんにこう言ったという。

お義母《かあ》さん、一緒に暮らしましょう。

東京に行くのが嫌なら、私たちが引っ越して来ます。

仕事も辞めます。

家も売ります。

ずっと、ずっと、お義母さんと一緒にいます。
だから死なないでください。
この世からいなくならないでください。

初めて聞いたことなのに、泣きながら頭を下げているお母さんの姿が、はっきりと思い浮かんだ。お母さんは、口うるさいくせに泣き虫だった。おばあちゃんの葬式のときだって、周囲が引くくらい泣いていた。

おばあちゃんは、さらに秘密を打ち明けた。

〝一緒に暮らそうって言われたのは、初めてじゃなかったの。おじいちゃんが死んじゃってから、ずっと誘われてたのよ〟

これも、葵の知らないことだった。大人たちは、子どもの知らないところで、たくさんの話をしている。

〝どうして一緒に暮らさなかったの？〟

〝葵ちゃんたちに迷惑をかけたくなかったのよ〟

千葉の家に引っ越すとなれば、お父さんもお母さんも会社まで遠くなる。転職するにしたって、新しい仕事をさがすのは大変だ。だったら、おばあちゃんが東京に来ればいいと思ったけれど、そうはいかない理由があった。

〝千葉の家はね、おじいちゃんが建ててくれたの。思い出がたくさんあるのよ〟

〝それまでは他のお家で暮らしていたの？〟

葵が聞くと、おばあちゃんは頷いた。

〝そうよ。富津《ふっつ》市で家を借りていたわ〟

しばらく、その借家で暮らしていたという。おばあちゃんがお嫁に来たときは、おじいちゃんのお父さんとお母さんがいて、家族全員で農業をやっていたらしい。

〝落花生《らっかせい》を作っていたのよ。大変だったけど、あれはあれで幸せだったわ〟

でも、その生活はずっとは続かなかった。落花生が、あまり売れなくなってしまったのだ。

それでも諦めずに畑を耕していたが、あるとき、おじいちゃんのお父さんとお母さんが死んでしまった。近所の年寄りの寄り合いの帰りのことだった。家に向かって歩いているところに、トラックが突っ込んできたという。

〝今よりも、無茶な運転をする人が多かったから〟

そう呟くおばあちゃんの声には、深いため息が混じっていた。

こうして働き手の半分を失い、家族は二人だけになってしまった。今までみたいに落花生を作ることはできない。人手が足りなかったけれど、人を雇うほどの儲《もう》けはなかった。

〝とうとう生活できなくなって、おじいちゃんが工場に働きに出たの。朝から晩までたくさん働いて、千葉のあの家を建ててくれたのよ〟

おばあちゃんにとっては、大切な思い出なのだろう。声が湿っていた。

〝家を建てた後、おじいちゃんが言ったの〟

この家があれば大丈夫だ。

おれが死んでも、おまえの寝る場所はなくならない。

おばあちゃんのために家を建てたのだった。

おじいちゃんは、おばあちゃんより五つ年上だった。男のほうが寿命が短い。自分が死んだ後のことを心配していたみたいだ。

家を建てた数年後、お父さんが生まれた。そして、おじいちゃんの心配は倍に増えた。

おばあちゃんも心配性になった。

〝子どもが生まれると、いろいろなことを心配するようになるのよ。病気にならないかしら？　怪我をしないかしら？　幼稚園や学校でいじめられないかしら？　自分たちの子どもに生まれてきて幸せだったかしらって……〟

おばあちゃんの話を聞きながら、葵はお母さんのことを考えていた。お母さんも心配性だ。いつだって、葵のことを心配してくれる。

ランドセルの一件にしてもそうだ。意識高い系というより、葵が学校で浮いてしまわないかを気にしていたのかもしれない。

それでも、やっぱり、あんな言い方はなかったと思う。せっかく買ってくれたランドセルを否定するのは駄目だ。パンの耳ドーナツやお味噌汁にしても、もう少し言い方があったはずだ。

おばあちゃんも傷ついたと思うけど、絶対に——特に葵の前ではそう言わないだろう。お母さんを悪者にしてしまうからだ。それくらいのことは、葵にだって分かっている。

だけど、おばあちゃんは〝怒ってなんかない〟と言った。お母さんのいいところを話してくれた。そうやって丸く収めようとしてくれているのだ。

これ以上、葵は謝ることはできない。そして、この奇跡の時間は、永遠には続かない。

死んじゃった人に会えるのは、ちょっとの間だけなんだ。

思い出ごはんが冷めると、あの世に帰っちゃう。

パンの耳の入ったお味噌汁を見ると、湯気がほとんど見えなくなっていた。おばあちゃんとの大切な時間が終わろうとしている。

おばあちゃんも、思い出ごはんが冷めかけていることに気づいたようだ。椅子から立ち上がり、葵にやさしく言った。

〝会いに来てくれて、ありがとうね。おばあちゃん、とっても嬉しかったわ〟

大好きなおばあちゃんが、ちびねこ亭から——葵の暮らしている世界から出ていこうとしている。あの世に帰っていこうとしている。

言葉が出てこない。

何を言っていいのか分からなかった。

〝おばあちゃん、もう帰らなくちゃ〟

そんな台詞を呟き、ゆっくりと歩き始めた。葵は、このまま別れたくなかった。まだ伝えたいことがある。おばあちゃんに伝えなければならないことがある。そう思ったのだ。でも、それが何だか分からない。考えていることが言葉にならなかった。

カランコロン。

ふたたび、ドアベルが鳴った。扉の開いた音だ。だけど、相変わらず外は真っ白で、何も見えないままだった。

いや、見えないのではなく、何もないようにも思えた。海も空も何もない。扉の向こう側は、あの世なのかもしれない。

〝じゃあね。葵ちゃん、元気でね〟

おばあちゃんが、その霧に吸い込まれるように出ていった。葵の前から消えてしまった。もう、おばあちゃんはいない。そう思うと、身体中から力が抜けて、椅子から立ち上がることもできなくなった。

何も言えなかった。

言えなかった。

悲しかった。悔しかった。惨めな気持ちになった。言葉にできなかった自分が情けなくて、また、泣いてしまいそうになった。――そのときのことだった。猫の鳴き声が聞こえた。

〝みゃあ〟

それは、ちびの声だった。いることさえ忘れるほど静かにしていた子猫が、葵に何かを教えるように鳴いたのだ。〝泣いてないで、こっちを見ろ〟と、ちびに言われた気がした。

葵は、子猫のいるほうに顔を動かした。そして、それを見つけた。

〝え？　どうして？〟

ランドセルがあった。ちびが乗っている椅子に、赤いランドセルが置いてある。ついさっきまではなかったものだ。

しかも、ただのランドセルではなかった。なぜだかは分からないけれど、葵には、そのことが分かった。

〝これ、おばあちゃんが買ってくれたやつだよね？〟

〝みゃ〟

ちびが返事をして、しっぽを軽く振った。葵の質問に頷いたみたいに見えた。その瞬間、言わなければならないことが分かった。泣きそうな顔で座り込んでいる場合ではない。葵は立ち上がり、ちびのそばに走った。そして、手を伸ばして赤いランドセルを持った。

――やっぱり、そうだ。

おばあちゃんの家に置いてある赤いランドセルだ。せっかく買ってもらったのに、一度も使わなかったランドセルだ。

それが、ちびねこ亭に現れた。その意味するところは、たぶん、一つしかない。これから葵のすべきことは、きっと、一つしかない。

〝みゃん〟

ちびが、また鳴いた。分からないはずの猫の言葉が分かった。ちびは、葵の思いついたことに賛成してくれたのだ。

〝そうだよね〟

〝みゃ〟

子猫と会話を交わしてから、葵は赤いランドセルを背負った。その瞬間、扉の外の風景が変わった。霧が晴れ、満開の桜が現れた。おばあちゃんの背中も見えた。まだいなくってなかった。あの世に帰ってなかった。

〝おばあちゃん！〟

大声で呼ぶと、おばあちゃんが立ち止まって、薄紅色の花びらが降る桜の木の下から、こっちを見ている。

〝ランドセル、ありがとう！〟

葵は叫ぶように言った。伝えたかったのは、〝ごめんなさい〟ではなく〝ありがとう〟だった。

やさしくしてくれて、ありがとう。

遊んでくれて、ありがとう。

一緒にいてくれて、ありがとう。

お母さんの味方をしてくれて、ありがとう。

おばあちゃんの孫でよかった。

おばあちゃんの孫に生まれてよかった。ありがとう。ありがとう。ありがとう。ありがとう……。

葵は、たくさんのありがとうを伝えた。

ありがとうを言うたびに、涙があふれた。

だけど、それは悲しい涙じゃない。幸せな気持ちだった。ありがとうは、人を元気にする魔法の言葉なのかもしれない。

おばあちゃんの目からも、涙があふれた。それから、おばあちゃんも魔法の言葉を唱えた。

〝あなたのおかげで、いい人生だったわ。葵ちゃん、ありがとう。幸せな人生をありがとう……〟

最後に聞いたおばあちゃんの言葉だった。春に降る淡雪《あわゆき》みたいに、おばあちゃんの姿が消えた。それを追いかけるように、満開の桜も消えた。何もかもが見えなくなって、ふたたび世界が真っ白になった。

音が鳴った。ドアベルの音だ。


カランコロン。


ちびねこ亭の扉がゆっくりと閉まって、おばあちゃんのいる世界を隔てた。たぶん、二度と会うことはできない。

そう思うと、寂しかった。

どうしようもなく悲しかった。

葵はちびのそばにしゃがみ込み、声を出して泣いた。両手で顔を隠すようにして、ランドセルを背負ったまま大声で泣いた。

「みゃあ」

茶ぶち柄の子猫が鳴いたけど、もう、声はくぐもっていなかった。そのことも悲しかった。

葵は、古時計の近くで泣き続けた。おばあちゃんのことを考えて、ずっと、ずっと泣いていた。

ふいに、お母さんの作る玉子サンドを思い出す。あれは、おばあちゃんから教わったものなんだ。だから葵もお父さんも、玉子サンドが大好きだった。ずっと、ずっと大好きだ。

○

思い出ごはんの代金を支払い、櫂さんとちびに挨拶をした。

「ごちそうさまでした」

すると、ちびねこ亭のふたりが返事をする。

「また、いらっしゃってください」

「みゃあ」

それから、お店の前まで見送ってくれた。櫂さんもちびも、最後まで親切でやさしい。

「はい。また来ます」

社交辞令じゃなく、そう言った。そして来た道を反対に辿って、おばあちゃんの家に帰った。

夕方ごろ、お父さんとお母さんが帰ってきて、三人でお寿司を食べにいった。お母さんは、化学調味料の味がすると文句を言った。

いつもなら無視するところだけど、今日は違う。葵は、意識高い系のお母さんに同意した。

「今は何にでも入っているよね」

「嫌ねえ」

お母さんは顔をしかめ、お父さんは苦笑いを浮かべた。こんなふうに仲よしだったが、ちびねこ亭に行ったことは話さなかった。耀さんとちびのことは内緒だ。

話さなかったのは、両親だけじゃない。東京に帰ってから、橋本先輩と何度かすれ違ったけど、挨拶しただけで何も聞かれなかった。ただ、有名私立中学校に合格したという話は聞いた。その準備で忙しいのかもしれない。お医者さんを目指しているみたいだ。

みんな、変わっていく。

海の町も、それは一緒だ。

おばあちゃんの家を取り壊して、土地を売ることになったらしい。買い手がつくか分からない、とお父さんは言っていた。おじいちゃんやおばあちゃんの入っているお墓も、東京に移す予定だ。これで、あの町に行く用事はなくなった。少なくとも、お正月やお盆に行くことはない。

葵は、スミレ色のランドセルを背負って学校に通い、塾で受験勉強をしている。身長も少しだけ伸びた。

おばあちゃんと会ったことが、夢だったんじゃないかと思うことがある。ちびねこ亭が存在することさえ信じられなくなるときがあった。

ネットで調べれば、ちびねこ亭のあのブログが出てくるだろうけど、葵は検索をしていない。そんなふうに調べるつもりはなかった。

もう少し大きくなったら、大人になったら、あの町に行ってみるつもりでいる。大切な人に会えるという食堂に。

ちびねこ亭特製レシピ

パンの耳の味噌汁

材料（2人前）

・トーストしたパンの耳　適量
・水　200cc
・だし入り味噌（だしを別に取っても可）　適量
・長ねぎ　適量
・バター　適量

作り方

1　水を沸騰させ、長ねぎを好みの柔らかさに煮る。
2　火を止めてから、だし入り味噌を溶かし入れて味を馴染ませる。
3　こんがりトーストしたパンの耳を食べやすい大きさにカットして、味噌汁に載せるように入れる。
4　バターを加えて完成。

ポイント

落とし卵を入れても美味しく食べることができます。

縞三毛猫と湯引きマグロの漬け丼

しょうゆ

千葉県にはほかにも日本一のものがあります。それは「しょう油」。一年間におよそ30万キロリットル、全国の3分の1のしょう油が作られています。千葉県でしょう油作りが始まったのは、銚子《ちょうし》市です。400年ほど前、関西地方からしょう油作りがつたえられたといわれています。温暖で、大豆などの原料が手に入りやすかった上に、当時日本の中心地だった江戸に近く、江戸へ運ぶのに便利だった利根川ぞいでしょう油作りがさかんになりました。

NHK for School のウェブサイトより

長里颯太《ながさとそうた》は、自分の外見が嫌いだった。ルックスに自信がなかった。痩《や》せぎすで、頼りない顔をしている。やさしそうだと言われたことはあるけれど、それはお世辞みたいなもので、異性にも同性にもモテたことがなかった。身長だって、成人男性の平均よりも十センチは低い。

平均以下なのは、顔と身長だけではない。もうすぐ三十歳になるのに正社員になれず、書店で契約社員をしている。それさえ、いつまで契約を更新してもらえるか分からなかった。

そうかと言って、新しい仕事を見つける自信はない。永遠に正社員になれないように思えるのは、たぶん気のせいではないだろう。将来のことを思うと、不安で眠れなくなる。颯太は小心者で、メンタルも弱かった。

こんなふうにどうしようもない自分にも、天使のような恋人がいた。颯太より五つ年下の二十四歳で、かなりの美人だ。いや美人というより、可愛いと言ったほうがいいだろうか。

彼女は、颯太の働いている書店の常連だ。恋人同士になる前から、毎日のようにやって来ていた。ただ、本を買いに来るのではない。DVDのレンタルもやっていて、そっちに興味があるみたいだった。仕事帰りらしく、ついでに店に寄っているというところもあるとは思うが。

仕事帰りだと思ったのは、服装がきちんとしていたからだ。いつも紺色のスーツを着ていた。ただ、目が不自由らしく、白い杖をついていた。

でも、店内で迷ったりはしていない。棚の点字に触れながらDVDを選ぶ姿は、少しのぎこちなさもなかった。

颯太は、彼女のことが気になっていた。店に来るたび、目で追ってしまう。だけど、話しかけたことはない。

音声ガイド付きのDVDの場所を聞かれて答えたことはあったけれど、自分から声はかけない。店員のすべきことではないし、正直に言うと、そんな度胸はなかった。

その日のことは忘れられない。夏の夕方のことだった。勤務時間が終わり、颯太は家に帰ろうと大通りに出た。

すると、彼女が前を歩いていた。駅に向かう道なのだから歩いていても不思議はないのだけれど、颯太はそのまま進むことを躊躇《ためら》った。ストーカーだと勘違いされるのを恐れたのだ。

考えすぎと言われようと、万が一にも問題になったら困るし、彼女に嫌われたくなかった。気持ちの悪い男だと思われたくなかった。

誰も見ていないだろうに忘れ物をしたふりをして、いったん書店に戻ろうと踵《きびす》を返しかけた。

そのときのことだった。前方から自転車が走ってきた。高校生くらいの若い男が、スマホを見ながらペダルを漕いでいる。そのくせ、かなりのスピードを出していた。前を歩く彼女を見てもいない。

自転車の走る音は静かで、彼女は気づいていないようだった。このままだと、彼女にぶつかる。颯太はそう思った。彼女の身が危険に晒《さら》されている。店に引き返すどころではなくなっていた。

「危ない！」

気づいたときには声を上げて、彼女の腕を摑《つか》んでいた。いきなり腕を摑まれて驚かない人間はいない。彼女の身体が小さく震え、足が止まった。

自転車は、二人の脇を走り抜けていった。こっちを見もせず、ひたすらスマホを見ていた。

颯太は、ほっとした。だけど、それは束の間のことだった。自分がまずい立場にいることに気づいた。

——やってしまった。

顔から血の気が引いていくのが分かった。名前も知らない若い女性の腕をいきなり摑んだのだから、痴漢扱いされて悲鳴を上げられても、文句は言えない。事情を説明しようと思うより先に、なぜか覚悟を固めた。

しかし、そんな覚悟はいらなかった。彼女は悲鳴を上げなかった。颯太を痴漢扱いしなかった。ただ、その代わりのように、颯太の職業を言い当てた。

「本屋さんの人ですね」

これには驚いた。

「……え？」

目を丸くしていると、彼女が恥ずかしそうに言った。

「声で分かりました」

颯太の声をおぼえていてくれたのだ。それだけでも嬉しかったのに、こんな自分に礼まで言ってくれた。

「ありがとうございます。助けてくださったのですね」

「ええと、自転車に気づいていたんですか？」

そうだとしたら、余計な真似をしたことになる。だが、これも違った。

「自転車が来ていたんですか？」

初めて知ったというように問い返し、穏やかな声で続けた。

「危ないって言ってくださったので、それを避けるために腕を摑んでくださったんだと思ったんです」

彼女は、颯太の行動を完全に理解していた。このことだけでも、聡明な女性だと分かった。

今ごろになって緊張した。何を言っていいのか分からなくなり、間の抜けたことを口走った。

「ええと……。あの……。長里颯太です。はじめまして」

自己紹介はいいにしても、最後の一言は余計だった。彼女はくすりと笑った。それは、颯太を馬鹿にしたような笑い方ではなかった。楽しそうに笑ってくれた。

「はじめましてじゃないですよ。本屋さんで何度もお話ししていますから。いつもお世話になっています」

おどけた感じで言ってから、名前を教えてくれた。

「本多芽依《ほんだめい》です。よろしくお願いします」

綺麗な名前だと思った。そして、その瞬間、颯太は恋に落ちた。ずっと前から彼女に恋していたのかもしれないが、名前を知ったことで世界が変わった。

それまでくすんで見えた景色が——目に映るものすべてが輝き出した。何もかもが美しく見えるようになった。もちろん、一番美しいのは彼女——本多芽依だ。

この日をきっかけに、颯太は芽依と話すようになった。LINEを交換し、連絡を取り合った。音声通話は便利だった。

芽依は、木更津市役所に勤めている公務員だった。市役所本庁は駅前にあるが、遠回りして書店に寄るのが習慣になっているようだ。

「運動不足の解消にもなりますし」と、真面目な顔で言っていた。

時間が合うときには、駅まで一緒に帰った。木更津駅からは反対方向の電車に乗らなければならないので、颯太はそれまでの時間を惜しむように芽依とすごした。好きで好きで仕方がなかった。

でも、その気持ちを伝えるまで時間がかかった。自分に自信がない上に、颯太は小心者だった。

それでも勇気を振り絞って、駅に向かう途中にある公園で告白した。「付き合ってください」と言うと、芽依はしばらく考えてから小さく頷いた。颯太の気持ちを受け入れてくれた。「私も、颯太さんのことが好きです」と言ってくれた。

こんなふうにして、二人は恋人同士になった。大好きな芽依と両思いになることができた。

幸せだった。

この世の誰よりも幸せだった。

颯太にも、趣味があった。スケッチブックに絵を描くことだ。色を塗らず、鉛筆だけで描く。イラストレーターになりたいと思った時期もあったけれど、コンテストに応募したことはない。自分の絵を否定されるのが怖かったからだ。傷つきたくなかった。

絵を描いていることを誰かに言ったことはなかったが、芽依の前ではスケッチブックを広げることができた。盲目で絵が見えないからではない。彼女の絵を描きたかったからだ。

そう。颯太は、芽依を描いた。

大好きな恋人の顔を鉛筆で描いた。

彼女と一緒にいるときも、一人でいるときも、颯太はずっと絵を描いていた。スケッチブックは、芽依であふれていた。スケッチブックの中で、公園や道を散歩したり、書店の棚を見たりしている。颯太のアパートの台所で食事を作っている姿もある。彼女はドラマや映画が好きで、音声ガイド付きのＤＶＤをよく見ていた。その姿も、もちろんスケッチした。

そのことを伝えると、彼女は恥ずかしそうに笑った。

「私ばかり描いても、つまらないでしょ？」

「すごく楽しいよ」

颯太は答えた。嘘ではない。楽しかったし、幸せだった。ただ、胸につかえていることがあった。

「芽依こそ退屈じゃない？」

冗談めかした軽い口調で聞いたが、ずっと気になっていたことだ。どこかに遊びにいくお金はないし、颯太は口下手で楽しい話もできない。

こうして一緒にいても、自分はいつも絵を描いている。家に遊びに来てもらっても、この調子だった。芽依は目が見えない。それなのに、絵を描いていていいのだろうかと心配もしていた。

「うん。退屈じゃない。颯太さんと一緒にいられるんだから」

その言葉はやさしくて、彼女の表情は穏やかだった。無理をしているようには見えなかった。

「颯太さんが、どんなふうに私を描いてくれているか想像するだけで楽しいの」

そんなことまで言ってくれた。実際、笑っていた。だから、信じた。彼女の言葉を信じた。愚かにも信じてしまった。芽依も、自分と同じ気持ちなんだと思ってしまった。

あり得ないような幸運は、芽依と恋人同士になれたことだけではなかった。十二月のある日、出勤すると、「正社員になるつもりはありますか？」と店長にいきなり問われた。

この書店で働こうと決めたのは、求人情報に「正社員登用制度あり」と書かれていたからだったが、いつの間にか、契約社員であることに馴染《なじ》んでいた。正社員になれないのを不満に思うことさえなくなっていた。

ちなみに、この店長は颯太と同世代の女性で、かなり仕事ができる。細縁の眼鏡がよく似合っていて、顔立ちも整っている。一言で表すと、書店のポスターに登場しそうな女性だった。

でも、冷たい性格ではない。いつだって、言葉の端々《はしばし》に思いやりがあった。このときも恩に着せるでもなく、事務的な口調で話を進めた。

「長里さんさえよろしければ、来年の三月から正社員ということになります。給料や休日などの詳しい条件は、こちらに書いてあります」

そして、雇用契約書が入っているらしき封筒を差し出された。中身を見るまでもなく、返事は決まっていた。颯太は、封筒を受け取りながら頭を下げた。

「ありがとうございます」

すると、店長の言葉遣いが砕けた。頰に笑みを浮かべて、「給料、安いわよ。がっかりしないでね」と内緒話をする口調で言った。

「覚悟しておきます」

颯太にしては珍しく軽口を叩いて、店長と同じように笑った。がっかりなんて、するはずがなかった。どうしようもなく嬉しかった。これで、あの言葉を彼女に言うことができる。

そう、あの言葉。

ぼくと結婚してください。

颯太のスケッチブックには、ウェディングドレス姿の芽依の絵がある。何枚も何枚も描いていた。彼女に伝えたい気持ちを絵に描いていたのだ。芽依は、この絵の存在を知らない。話したこともなければ、におわせたこともなかった。でも、正社員になれるなら言葉にできる。

芽依にプロポーズをしたかった。彼女と家族になりたかった。夫婦になることを考えるだけで、胸のあたりがあたたかくなる。

この世界は、負の出来事であふれている。寂しいこと、悲しいこと、苦しいこと、辛いこと、そして、誰かを憎むこと。正社員になれない颯太は、他人を羨んでばかりいた。

それでも芽依と一緒にいると、あたたかな夢を持つことができる。負の気持ちが消えていく。前を向いて生きていこうと思うことができた。颯太は、彼女と二人で歳を取りたかった。

正社員にならないかと言われた日、颯太は家に帰って、芽依と結婚式を挙げる絵を描いた。

颯太は似合わないタキシードを着て、芽依は純白のウェディングドレスを着ている。見たこともない小さな教会で、二人きりで挙げる結婚式だった。

芽依と出会ってから、颯太のスケッチブックには夢があふれていた。その夢の一つを実現できると思っていたのだった。

その数日後、一月のある日、芽依が颯太の部屋に遊びに来てくれた。いつものように一緒に食事を作って、それを食べ終えた後、颯太はプロポーズをした。「結婚してください」と彼女に言ったのだった。声も身体も震えてしまったけれど、言うことができた。

「……え？」

芽依は驚いた顔をした。颯太の声が小さすぎて聞こえなかったのかもしれない。颯太は、プロポーズの言葉を繰り返した。

「結婚してください。十年後も二十年後も三十年後も、芽依と一緒にいたい。君と夫婦になりたい。家族になりたい」

でも、さっきより、ちゃんと言うことができた。自分の気持ちのすべてを伝えることができた。

普段は自信がないくせに、このときだけは自信があった。芽依も同じ気持ちだと――プロポーズを受けてくれると信じていた。

しかし、その予想は外れる。

芽依は返事をしなかった。しばらく黙った後、蚊の鳴くような声で言ったのだった。

「考えさせてください……」

今にも泣き出しそうな顔をしていた。正社員になったと伝えたときは喜んでくれたのに、今の芽依はうつむいている。目を伏せたまま、顔を上げようとしない。明らかに困っていた。断りの言葉をさがしているように見えた。

迷惑だったんだ。

自分と結婚したくなかったんだ。

颯太はそう思い、身体中から力が抜けた。言葉を発することができなくなってしまった。ただ、唇を噛《か》んでいた。ひたすら唇を噛んでいた。そうしなければ、泣いてしまいそうだった。

静寂の中、時間だけが流れた。

十秒、二十秒、三十秒……。

気づいたときには、三十分以上が経っていた。長いようで短い時間が、何も話すこともできなくなった二人の前を通りすぎていった。

そのまま黙っていると、芽依のスマホが鳴った。帰る時間を知らせるアラームだった。

明日も仕事があった。二人ともそうだった。泊まっていくわけにはいかない。最初から芽依の帰る時間は決まっていた。

「そろそろ帰ります」

彼女が言った。赤の他人を相手にしているような、よそよそしい声だった。ずっと目を伏せたままで、こっちに顔を向けようともしない。颯太は、もう芽依の恋人ではないのかもしれない。

胸が張り裂けそうなくらい痛かった。それでも、がんばって明るい声を出した。

「そっか」

そして、颯太は立ち上がった。芽依は一人暮らしをしていて、そのマンションは隣の駅の近くにある。部屋に遊びに来てくれたときは、いつも送っていくことにしていた。

視力にハンディキャップのある彼女を心配しての行動ではない。芽依は、普通に暮らしている。もちろん不自由もあるだろうけれど、颯太よりもしっかりしていて、日常生活で苦労しているという話は聞いたことがない。芽依を送っていくのは、少しでも一緒にいたかったからだ。

だけど、今日は送っていくこともできなかった。

「大丈夫です。一人で帰れますから」

芽依はそう言って、逃げるように部屋から出ていった。さよならも言わずに行ってしまった。

追いかける気力はなかった。膝が震えて立っていられなくなった。颯太は、くずおれるように座り込み、アパートの床を見つめた。しばらく黙り込んだ後に、言葉が口を衝《つ》いて出た。

「そりゃそうだよな……」

振られてしまった。そう思った。自分と結婚する気なんてなかったんだ、とも思った。

「そりゃそうだよな……」

彼女のいなくなった部屋で、同じ言葉を繰り返した。どう考えても、自分と芽依では釣り合わない。見た目も雲泥《うんでい》の差があるし、収入だって芽依のほうが上だ。勤めている書店の店長が言っていたように、正社員になったところで高い給料はもらえない。恋人になってくれたが、やはり結婚は別なのだろう。

ふいに一週間くらい前のことを思い出した。芽依と一緒に歩いていると、偶然、彼女の勤めている市役所の後輩職員と会った。二十歳そこそこに見える派手な雰囲気の女性で、芽依と仲がよさそうだった。

そのときは丁寧に挨拶してくれたが、颯太を陰で笑っていたのかもしれない。後で芽依にこんなふうに言ったのかもしれない。

――あんなブサイクな男、本多さんに似合いませんよ。

――あの年齢で正社員じゃないんですか？

――いろいろ、あり得ないんですけど。

聞いてもいない言葉が、颯太の耳に聞こえてきた。悲しいことに、そう言いたくなる気持ちを理解できた。

「しょうがないよな……」

他に言いようがなかった。振られても当然だと思ったのだ。

でも、彼女のことは嫌いになれない。振られても好きだった。陰で笑われようと、芽依のことが大好きだ。一緒にすごした幸せな時間は、死ぬまで忘れることができないだろう。

それでも――いや、だからこそ、颯太は自分に言い聞かせた。そして、この場にいない彼女に約束をした。

「大丈夫。ストーカーにはならないから」

二度と芽依に会わないようにする。仮に道で会ってしまったとしても、ちゃんと知らないふりをする。正社員にはならない。あの書店も辞める。この部屋から引っ越そうと決めた。

「大丈夫。一人で生きていけるから」

ふたたび呟いた声は小さかった。生きていけるかなんて、どうでもいいような気がした。

颯太は、自分のことより彼女の幸せを願った。もう、一緒にいることはできなくなってしまったけど、幸せになって欲しかった。自分の知らないどこかで、笑っていて欲しい。信じてもいない神様に祈った。

振られても時間は流れる。

芽依が帰って三十分が経とうかというころのことだ。何をする気にもなれず座り込んでいると、救急車のサイレンが聞こえた。アパートの前を通りすぎていったが、何分もしないうちに止まった。誰かが呼んだみたいだ。

このあたりは事故が多い。救急車が通るのは珍しくなかったけれど、このときにかぎっては嫌な感じがした。心臓の鼓動が乱れ、胸騒ぎをおぼえた。

颯太は、思わずスマホを手に取った。芽依に電話しようとしたのだ。彼女の声を聞けば、きっと安心できる。しかし、自分は振られた立場だ。それこそ、ストーカーだと思われてしまう。

「迷惑な真似をするなよ。何でもないに決まってるんだから」

呟いてみても、不安は消えなかった。救急車のサイレンは消えたままだった。悪い想像ばかりが思い浮かび、いても立ってもいられなくなった。

「行ってみよう」

颯太は、立ち上がった。何でもなければ、それでいい。芽依が帰ってからかなりの時間が経っているのだから、もう駅に着いているはずだ。今から走っても、追い着きはしないだろう。

考えながら部屋を飛び出して、救急車の止まった方向に走った。そして、事故を知ることになる。パトカーが止まっていた。そして、人だかりがあって、噂する声が聞こえてきた。死亡事故が起こっていた。若い女性の歩行者が、スピード違反の自動車に轢《ひ》かれていた。その女性は、白い杖を突いていたという。

「嘘だ……」

叫んだつもりの声は掠れていた。血の気が引いていくのを感じた。よほど真っ白な顔をしていたのかもしれない。あるいは、叫んだつもりの声が悲痛に響いたのかもしれない。周囲の人々がざわめき、警察官が近づいてきた。

その後のことはよく覚えていない。次の記憶は、救急車に乗せられた芽依を見たところだった。外傷はなかったけれど、降ったばかりの雪のように白い顔をしていた。

芽依の幸せを祈ったのに、その願いは届かなかった。

笑っていて欲しかったのに、神様は意地悪だった。

事故に遭ったのは、やっぱり芽依だった。彼女は、死んでしまった。自動車に轢かれて、命を落としていた。

人がいなくなるのは、簡単なことだった。誰よりも大好きだった芽依が、いなくなってしまった。まるで最初から存在していなかったみたいに、どこかに消えてしまった。

もちろん、消えたのではない。死んでしまったのだ。そして、彼女が死んだのは、颯太のせいだった。

プロポーズなんかしなければよかった。断られても、せめて駅まで送っていけばよかった。芽依の代わりに死ぬことくらいは、できただろうに。

後悔をたくさんした。

自分を責めたが、芽依は帰って来ない。

そんな当たり前のことを考えるたびに、颯太は無気力になっていった。ただ流されるように毎日を送った。書店の仕事も続けていた。生きるために稼がなければならないという思いは消えていたが、辞める気力さえ失っていた。正社員になるかの返事もしていない。

芽依の葬式にも行っていない。すでに恋人でもないのだから行く資格はないし、当然のように知らせも来なかった。

この世界のすべてが色褪《あ》せて見えた。彼女のいない世界で生きていたくなかった。死んでしまいたかった。芽依に会いたかった。彼女と一緒にいたかった。死んだけど、死ぬことはできない。もう恋人ではないのだから。

恋人に死なれたのなら、後を追うのも理屈が通るかもしれないけど、颯太は芽依に振られている。

どうしていいのか分からない。

颯太のせいで死んだのだから、泣く権利さえないような気がする。悲しむことさえ許されない気がする。

それでも、やっぱり悲しかった。食事を取る気力もなくなり、水とクラッカーを齧《かじ》って済ませた。当然のように、日に日に痩《や》せていった。顔色が悪くなり、頬骨が目立つようになった。

「どうかしたの？」

店長が心配してくれたが、「大丈夫です」と答えた。大丈夫です、大丈夫ですと繰り返した。

何が大丈夫なのかは、自分でもよく分からない。大丈夫なことなんて、何一つなかった。

月日は流れて、芽依がいなくなってから一ヶ月が経ったころのことだ。この日は土曜日で、颯太は昼までの勤務だった。仕事を終えて帰ろうと駅に向かって歩いていると、背後から呼び止められた。

「長里さん」

声をかけてきたのは、派手な雰囲気の女性だった。買い物をしてきたのか、デパートの紙袋を持っている。

颯太が返事をせずに黙っていると、彼女は自己紹介を始めた。

「本多芽依さんの後輩の田丸陽葵《たまるひまり》です」

ちゃんとおぼえていた。一ヶ月以上も前のことになるが、芽依と歩いていたときに会った女性だ。

でも、その後輩――田丸陽葵が自分に声をかけてくる理由が分からない。たまたま見かけて声をかけたという感じではなかった。颯太が書店から出てくるのを待っていたように思えた。

どう反応すればいいのか分からなかった。考える気力もない。自己紹介されて、曖昧《あいまい》に頷くのがやっとだった。

「はあ……」と気の抜けた返事をした。誰とも話したくなかった。

田丸陽葵は、颯太のそんな失礼な対応を気にした様子もなく、市役所の職員らしい丁寧な口調で続けた。

「長里さんにお渡ししたいものがあって参りました」

「お渡ししたいもの？」

自動音声のように聞き返すと、田丸陽葵は小さく頷いた。

「本多さんから預かったものです」

田丸陽葵に誘われるまま、二人で駅の裏手にある喫茶店に入ることになった。その店で飼っているのかは分からないが、入り口の前に縞三毛猫がいた。

まだ子どもらしく小さかった。そのくせ、縞模様ははっきりとしていて、颯太と田丸陽葵を見て、「にゃあ」と挨拶するみたいに鳴いた。

「こんにちは」

田丸陽葵が、真面目な顔で挨拶を返した。猫好きなのかもしれない。そういえば、芽依も猫好きだった。彼女の部屋には、小さな黒猫のぬいぐるみが置いてあった。あのぬいぐるみは、どうなったのだろうか？

こんなふうに何を見ても、彼女のことを思い出してしまう。芽依のことを考えてしまう。何も感じないほど疲れ果てているのに、胸の奥が痛かった。縞三毛猫を見ているうちに、息ができなくなりそうなくらい苦しくなった。その苦しさから逃げるように、さっさと喫茶店に入っていった。

　すると、縞三毛猫が「いらっしゃいませ」と言うみたいに、颯太の背中に向かって、また鳴いた。

「にゃあ」

　振り返らずに店内を見た。どこにでもありそうな小さな喫茶店だった。十人も入れば満席になりそうな狭い店内に、コーヒーの香りが満ちている。

　しかし、客はいなかった。店員も一人だけだ。颯太と同世代に見える女性の店員が、二人を窓際の席に案内してくれた。そこから外を見ると、さっきの縞三毛猫が昼寝を始めていた。野良猫なのか飼い猫なのかは、やっぱり分からない。

　颯太も田丸陽葵も、おすすめのコーヒーを注文した。女性の店員がカウンターで豆を挽《ひ》いて淹《い》れてくれる。二人とも何も言わない。コーヒー豆を挽く音だけが聞こえる時間が流れた。

　無言のまま何分かが経った。沈黙を破ったのは、芽依の後輩だった。コーヒーが来るのを待ってから、田丸陽葵が紙袋を差し出して言った。

「本多さんの机に入っていたものです」

　さっきと話が変わっている。机に入っていたものなら、芽依の私物だ。受け取る権利はない。そう言うと、田丸陽葵は首を横に振った。

「受け取る権利があるのは、長里さんだけです。本多先輩の親戚の方にも話してあります」

芽依の両親はすでに他界していて、きょうだいもいない。遠縁の男が、葬式などを取り仕切ったという。

「権利って言われても……」

颯太は戸惑った。そんなものが自分にあるとは思えなかった。だが、田丸陽葵は引かなかった。

「受け取ってあげてください」

瞳が潤《うる》んでいた。今にも泣きそうだったけれど、強い意志を感じた。心の底から芽依の死を悲しんでいるということも分かった。

「分かりました」

颯太は頷き、紙袋を受け取った。そして、中身を見た。入っていたのは、雪のように白いセーターだった。

「本多先輩の編んだセーターです」

田丸陽葵はそう言った。

○

陽葵は、幸福ではなかった。去年の十二月に、夫の保《たもつ》を亡くしたばかりだった。四十九日の法要を終えたが、気持ちの整理はついていない。ふとした瞬間に夫のことを思い出して、悲しみに押し潰されそうになる。買い物に行っても、道を歩いていても、一人で家にいても思い出してしまう。この世の至るところに夫の思い出があった。陽葵は泣いてばかりいた。

そんなふうに自分のことで精いっぱいなのに、こうして遺品を届けに来たのは、先輩に親切にしてもらっていたからだ。

本多芽依は、優秀な先輩だった。目が見えないハンディキャップを感じさせないくらい仕事ができた。しかも、気持ちのやさしい人だった。仕事のやり方も教えてもらったし、ミスをすると代わりに謝ってくれた。陽葵の夫が死んだときは、誰よりも泣いてくれた。

その先輩に恋人ができた。

それを知ったのは、最近のことだ。道を歩く二人に、たまたま出会った。地味な男性だったけれど、寄り添うように歩く姿を見ただけで、先輩を大切に思っていると分かった。

「素敵な人ですね」

後日、職場の昼休みに言うと、先輩は真っ赤になって、それでも頷いた。その男性のことが大好きなんだという気持ちが伝わってきた。

「本屋さんの店員さんなの」

頬を赤くしたまま、恋人のことを話してくれた。すごく幸せそうだった。もっと幸せになって欲しかった。だけど、先輩は死んでしまった。陽葵の夫のいる世界に行ってしまった。

「どうして、みんな死んじゃうんだろうね」

飼っている灰色猫のココに聞いたけど、返事をしてくれなかった。ただ、ざらざらした舌で陽葵の手を舐めた。慰めてくれているようにも思えて、陽葵はまた泣いた。涙を流して泣いた。

本多先輩には、身寄りがなかった。恋人がいようと、戸籍上は他人だ。先輩の葬式は、親戚の男性が取り仕切った。四十歳くらいの穏やかな感じの男性だった。役所に置かれていた先輩の私物も、その男性が引き取ることになった。

陽葵は、私物の整理を手伝った。そして、ある物を見つけた。手編みの白いセーターが引き出しに入っていた。

その場で頭を下げて、譲ってくださいと頼んだ。何の説明をしたわけでもなかったが、親戚の男性は察したようだ。

「渡すべき人がいるんですね」

「はい」

陽葵は頷いた。先輩が、恋人——長里颯太のために編んでいたセーターだ。休み時間にも編んでいたので、陽葵はよく知っていた。

ただ、分からないこともあった。とうに編み上がっているのに、なぜか机の中に置きっぱなしになっていたことだ。長里颯太に渡したと思っていたのに、ずっと市役所の引き出しの中にあったみたいだ。

今となっては先輩が何を考えていたのか分からないけど、バレンタインデーにでも渡すつもりだったのかもしれない。陽葵はそんなふうに考えた。

「私のほうからもお願いします。芽依のことを好きになってくれた人に渡してあげてください」

親戚の男性は、陽葵に頭を下げた。若くして死んでしまった先輩をかわいそうだと思っているのだろう。目には、涙が光っていた。

「はい。責任を持ってお渡しします」

陽葵は頷き、はっきりと言った。親戚の男性だけでなく、芽依とも約束したつもりだった。

しかし。

○

「すみません。これは、受け取れません」

客のいない喫茶店で、颯太は田丸陽葵に頭を下げた。

「どうしてですか？」

田丸陽葵が聞いてきた。怒ったような口調だった。颯太をとんでもなく冷たい男だと思ったのだろう。言葉に棘《とげ》があった。

「死んじゃったからですか？　気味が悪いですか？　それとも、もう関係ないと思っているんですか？」

「まさか」

颯太は否定し、とうとう言った。

「彼女が事故に遭う前に振られたんです」

「え？」

田丸陽葵が目を見開いた。何も知らなかったようだ。颯太は、プロポーズをして断られたことを話した。

「だから、受け取る資格がないんです」

しばらく間があった。颯太も、田丸陽葵もコーヒーには手を付けない。飲まれないまま、コーヒーの湯気が消え始めていた。

「……そんなの」

田丸陽葵が、何かを押し出すように言った。

「そんなの、信じられません」

「でも、事実なんです」

そのときのことを思い出し、颯太は唇を噛んだ。一人で部屋を出ていく芽依の姿が思い浮かび、救急車のサイレンの音が頭の奥で聞こえた。颯太は、自分のせいで死んだという思いから逃れられずにいた。

叫び出したかった。

今すぐ、どこか遠くに行ってしまいたかった。だけど、そんな気力は残っていなかった。

「彼女の死を悲しむ資格さえないんです」

やっと言った。そして、それ以上、何も言うことができなくなった。悲しむ資格がないと自分で言ったくせに、涙があふれてくる。

颯太は、芽依のことが好きだった。今でも大好きだ。振られても好きだなんて、やっぱりストーカーみたいだけど、忘れることができないのだから仕方がない。

「そんなの……」

田丸陽葵が、さっきと同じ言葉を繰り返した。だが、その続きはなかった。考え込むようにうつむいてしまった。

困らせてしまった。

田丸陽葵は困っている。

善意で遺品を届けてくれただけなのに、こんな話を聞かされて迷惑だろう。だけど、やっぱり、手編みのセーターを受け取ることはできない。芽依だって、もう颯太にあげたくないだろう。

喫茶店は相変わらず静かで、客が来る気配はなかった。閑古鳥《かんこどり》が鳴いている。しかし、店員はカウンターの奥で、何かの下ごしらえをしている。夕方から混む店なのかもしれない。その前に店を出たほうがいいように思えた。

――いろいろ、すみませんでした。

颯太が、そんな言葉で話を締めくくろうとしたときだ。突然、田丸陽葵が言葉を発した。

「このままじゃあ、幸せになれない」

独り言のようにも聞こえたが、強い口調だった。颯太の目をじっと見ている。颯太は気《け》圧《お》されて、目を逸らしてしまった。

すると田丸陽葵がその言葉を口にした。

「ちびねこ亭をご存じですか？」

それは、運命を変える一言だった。


ちびねこ亭。


海辺にある食堂らしいけれど、聞いたことのない店だった。テレビや雑誌で取り上げられるような有名店ではないようだ。

昼寝する縞三毛猫を窓の外に見ながら、客のいない喫茶店で、田丸陽葵はこんな言葉も口にした。


思い出ごはんを食べれば、先輩と会うことができるかもしれません。

死んだ芽依と会うことができる？

まさか。

聞き間違いかと思った。もしくは、言葉の綾か、何かの比喩のようなものだろうか。しかし、そうではなかった。

芽依の後輩は、信じられないことを話し始めた。

ちびねこ亭は、死んでしまった大切な人と会える店なんです。

「嘘だと思うでしょうけど、本当の話です。私も、夫と会ってきました」

喫茶店で、そう続けた。田丸陽葵も幸福ではなかった。去年の暮れに配偶者を失っていたという。

死んだ人間と会ってきたなんて、どうかしている。彼女の正気を疑ってもいいところだが、颯太は、田丸陽葵の話を信じた。

ちびねこ亭に行って思い出ごはんを食べれば、芽依と会うことができる。そんなとんでもない話をすんなりと受け入れた。それほどまでに彼女に会いたかった。会って話をしたかった。

けれど、心配なこともあった。颯太は、その心配を口にした。

「亡くなってからも会いたいなんて、ストーカーみたいだと思われませんか？」

芽依に迷惑をかけたくなかった。あの世で平穏に暮らしているであろう彼女の邪魔をしたくなかった。

「大丈夫です。先輩が長里さんと会うことを望んでいないなら、思い出ごはんを食べても現れないと思いますから」

田丸陽葵は、少し考えてから答えた。あの世から無理やり呼び出すようなものではないらしい。それならば、悩むことはない。颯太は、自分よりずっと若い女性に頼んだ。

「どうすれば、その食堂に行くことができますか？　思い出ごはんを食べる方法を教えてください」

「私は予約を取ってから行きました」

そう言って、ちびねこ亭の電話番号を教えてくれた。颯太がその番号をスマホに登録すると、田丸陽葵が続けた。

「普通の食堂と変わらないので、予約を取るのはそんなに難しくないと思います」

ちびねこ亭に行ったときのことを思い出しているのか、田丸陽葵は遠い目をしていた。

「普通の食堂と変わらない?」

颯太は聞き返した。この言葉こそ不思議だ。死者と会える場所だというのに、普通の食堂と変わらないなんて。

「行ってみれば分かると思います」

田丸陽葵のそんな言葉で話は終わった。それ以上の説明をするつもりはないようだった。

とりあえず、セーターを受け取った。いったん預かったつもりだ。ちびねこ亭に行って
何も起こらなかったら――彼女と話をすることができなかったら、芽依の親戚の男性に返
せばいい。

颯太は家に帰り、着替えもせずに電話した。丁寧な話し方をする若い男性の声が「はい。

ちびねこ亭です」と返事をした。

ここまでは、彼女の言うとおりだった。事情を聞かれはしたが、思い出ごはんの予約を
取るのは簡単だった。

ただ、最後にこんな質問をされた。

「猫が店内にいますが、大丈夫でしょうか？」

看板猫というやつだろうか。猫嫌いでもアレルギーでもなかったので返事をした。

「はい。大丈夫です」

「ありがとうございます」

電話の向こうで頭を下げている男の姿が思い浮かんだ。誠実な人柄が電話を通じて伝わってきた。

注意点は、もう一つあった。

「ラストオーダーは午前十時となっております」

「午前？」

ずいぶん早いなと思いながら聞き返すと、はっきりとした返事があった。

「はい。朝の十時です。ちびねこ亭は、午前中だけの営業となっております。ご了解いただけますでしょうか？」

朝ごはん専用の店なのかもしれない。最近はいろいろな営業形態があるし、予約を取ったのだから問題はなかった。

「はい。了解しました」

すると、ほっとしたような間があった。それから、礼を言われ、若い男性の声が通話を締めくくった。

「それでは、ご来店をお待ちしております。長里颯太さま、お電話ありがとうございました。福地櫂が承りました」

最後まで丁寧だった。

電話を切ってから、今まで話していた相手——福地櫂の雰囲気が、どことなく芽依に似ていることに気づいた。


あっという間に時間は流れ、予約の日を迎えた。颯太は、ちびねこ亭に歩いて向かっている。少し迷ったけど、芽依の編んだ純白のセーターを着てきた。吐く息は白かったが、そこまで寒い日ではなかった。

ちびねこ亭は、地図で見るより遠かった。君津駅まで電車を使い、その後はバスに乗ったが、下車したバス停から店までは、まだ距離があった。バス停付近に、タクシーは見当たらず、そもそも人がいなかった。道路沿いに家は建ち並んでいるが、どれも古びていて人が住んでいないように見えた。

だけど、まったくの無音というわけではない。歩きながら耳を澄ませば、いろいろな音が聞こえてくる。

川のせせらぎ。

遠くから聞こえる電車の音。

そして、ウミネコの鳴き声。

風が吹けば、道端に生えている木々がかさかさと音を立てる。歩いていくうちに、東京湾のほうから波の音まで聞こえてきた。この世界は、いろいろな音であふれている。

進んでいくうちに、ウミネコの鳴き声と波の音が大きくなった。東京湾に着いたのだった。木更津市で生まれ育ったくせに、海を見たのは久しぶりだった。最後に海に来たのは、十年以上も昔のことだ。

子どものころ、魚釣りをしたことを思い出す。何人もの友達と一緒に海にやって来ては、安物のリールで投げ釣りをした。ハゼやアイナメ、キス、カレイ、それにコチなどが釣れた。こんな自分にも楽しかった記憶があった。だが――。

「みんな、どこに行っちゃったんだろうなあ……」

思わず声に出して呟いた。同じ町に住んでいるのに、いつの間にか会わなくなっていた。成人式も同窓会も行かなかったので、今でも、この町に住んでいるかも知らない。

やがて、広々とした砂浜に出た。ここにも子どものころに来たことがあったはずだが、おぼえていなかった。食堂があったという記憶もない。

「何もおぼえてないな」

颯太は、真っ白なため息をついた。わずか三十年しか生きていないのに、いろいろなことを忘れてしまった。忘れるために生きているような気さえする。

しばらく歩くと砂浜が終わり、白い貝殻を敷き詰めた小道に出た。そして、建物が見えた。ヨットハウスにも見える洒落た木造建築だ。住居を兼ねているのか、ゆったりとした二階建てになっている。電話で聞いたとおりだった。

「あれが、ちびねこ亭か」

そう呟いた声は、やっぱり白かった。その息と同じくらい白い小道の先に、カフェなどで見かけるタイプの小さな黒板があった。看板代わりに置いてあるのだろう。

歩み寄ると、白いチョークで文字が書かれていた。

ちびねこ亭

思い出ごはん、作ります。

颯太は、黒板をじっと見た。メニューも営業時間も書かれていない看板だった。そのくせ、子猫の絵と注意書きらしきコメントがあった。

当店には猫がおります。

文字も絵も柔らかい。女性が描いたもののように見えた。上手ではないけれど、ぬくもりの感じられる絵だった。人を惹《ひ》きつける不思議な力がある。だが、いつまでも見ているわけにはいかない。

「もう入らないと」

誰に言うわけでもなく呟き、ちびねこ亭の入り口の扉を押し開けた。手応えを感じられないくらい軽い扉だった。

カランコロン。

ドアベルが控え目な音を立てた。店の中の暖かい空気が、颯太の顔に触れた。

「おはようございます」

店員に声をかけるつもりで挨拶をした。すると、意外な返事があった。

「みゃ」

猫の鳴き声だった。茶ぶち柄の子猫が、入り口のすぐそばに立っていた。一目で、黒板に描かれた猫だと分かった。チョークで黒板に描いた絵なのに、上手く特徴を捉えていた。

子猫は颯太の顔をじっと見て、もう一度鳴いた。

「みゃ」

出迎えてくれているようだが、どうすればいいのか分からない。食堂には、この子猫しかいなかった。腕時計を見れば、予約の時間まで十五分もあった。

「早く来すぎたのかなあ……」

そう呟くと、子猫がしっぽを軽く振った。返事をしてくれたようだけど、颯太には猫の気持ちが分からない。どうすればいいのか分からず困惑していると、奥から若い男性が慌てた様子で出てきた。そして丁寧に頭を下げた。

「お待たせして申し訳ありません」

電話で聞いたのと同じ声だ。

「いえ」

ほっとしながら返事をし、若い男性の顔を見た。やさしげな顔立ちをしていた。抜けるように肌が白く、縁の細い華奢《きゃしゃ》な眼鏡をかけている。女性用の眼鏡をかけているようにも見えたが、中性的な顔立ちに似合っていた。

「予約をした長里です」

そう名乗ると、若い男性が改めて頭を下げた。

「お待ちしておりました。ちびねこ亭の福地櫂です。本日は、ご予約ありがとうございます」

電話と同じように丁寧な物腰だったが、ここには口を挟むものがいた。

「みゃん」

ふたたび、茶ぶち柄の子猫が鳴いた。若い男性——福地櫂を見て、催促するようにしっぽを振っている。何か言いたいことがあるようだ。

すると猫の言葉が分かるのか、櫂は小さく頷き、颯太に紹介してくれた。

「当店の看板猫のちびです」

「みゃあ」

ちびが、颯太の顔を見て鳴いた。

ちびねこ亭は、居心地のいい店だった。テーブルも椅子も木製で、ぬくもりのある雰囲気が漂っていた。山小屋のようにも思えるけれど、やっぱり海の町の食堂だ。大きな窓があって海が見えた。波の音がBGMのように聞こえてきている。

「こちらへどうぞ」

櫂が、窓際の席に案内してくれた。一人で使うにはもったいない広さの四人掛けのテーブル席だった。

「ありがとうございます」

颯太が腰を下ろすと、ちびが大欠伸《おおあくび》をした。

「ふにゃあ」

いつの間にか、壁際に置かれた安楽椅子の上に乗っていた。昼寝を始めるつもりらしく、大欠伸が終わると丸くなった。

その姿を見ているうちに、颯太は不安になってきた。死んだ人間が現れるような雰囲気がなかったからだ。ちびは可愛らしく、櫂は腰が低い。この店のどこをさがしても、宗教的な気配はない。

「ええと……」

田丸陽葵に聞いたことを確認してみようと口を開きかけたとき、櫂がその言葉を言った。

「それでは、思い出ごはんをお持ちいたします」

思い出ごはんを食べれば、先輩と会うことができるかもしれません。

田丸陽葵の言葉がよみがえった。もうすぐ芽依に会えるのか？　そう問い返す暇はなかった。櫂は一礼し、キッチンらしき小部屋に入っていった。

颯太は、一人になった。ちびはいるけど、安楽椅子の上で眠っている。寝息を立てていた。

静かだった。

波の音が聞こえる。

ウミネコが鳴いている。

それらの音を聞きながら、颯太は、ただ椅子に座っている。何もせず、何を考えるでもなく、ちびねこ亭で時間をすごしている。頭の中が真っ白になっていた。

下準備をしてあったのだろう。二十分もしないうちに、櫂が食事の載ったトレーを運んできた。二人分ある。たぶん、颯太と芽依の分だ。

ちびねこ亭の主は、颯太の座るテーブルの脇で立ち止まり、運んできた料理を――芽依との思い出ごはんを紹介した。

「お待たせいたしました。湯引きマグロの漬け丼です」

颯太も芽依も無口だったが、それでも、たくさんのことを話した。例えば、芽依が初めて颯太の部屋に来てくれた日のことだ。

どんな話の流れだったかは記憶にないが、颯太は、仕事や家事を人並み以上にこなす彼女を褒めた。

「何でもできるんだね」

――目が見えないのに、よくやっている。

そんなつもりはなかったが、芽依はそう言われたと思ったらしい。静かな口調で返事をした。

「できることは、自分でやるようにしてるんです」

芽依は優秀で、一緒にいても盲目であることを感じさせない。でも彼女は、自分の目が見えないことを、一時《いっとき》たりとも忘れなかった。このときも、当たり前のことを言うように続けた。

「何でも一人でできないと、これから困るから」

これから先の人生も、ずっと一人で生きていく。そんなふうに覚悟しているように聞こえた。

颯太はその考えを否定したかった。

一人でできないことがあってもいいよ。

おれが一緒にいるから。

芽依のできないことは、おれがやるから。

彼女にそう伝えたかった。一人で生きていく覚悟なんて捨てて欲しかった。颯太と一緒に生きていくと思って欲しかった。

でも、このときは、まだ正社員にならないかという話も聞いておらず、プロポーズにも似た台詞を言うには、いろいろなものが足りていなかった。自信も収入も、安定した仕事も、彼女を守るために必要な何もかもが欠けていた。

そんな自分の不甲斐なさを誤魔化《ごまか》すように、颯太は別の言葉を口にした。

「今日のごはんは、おれが作るよ」

「……え？」

彼女は驚いたようだ。

「作れるんですか？」

思わず口から出てしまったのだろう。言ってから、「しまった！」という顔になった。それから、申し訳なさそうに頭を下げた。

「……すみません」

「謝らなくていいよ」

颯太は、吹き出しながら言った。謝らなければ、冗談ということにできたのに、真面目な芽依らしい態度だった。

「これでも、ずっと一人暮らしだったから。安くなっている材料で食事を作るのには、ちょっと自信があるんだ」

収入が少ないので、スーパーでは見切り品ばかり買っている。料理上手だとまでは思わないけれど、鮮度の落ちた食材を工夫して、それなりに美味しく作ることができる程度の腕はあった。

颯太にしては珍しく自信があった。そんなふうに料理ができることを、芽依に自慢したかった。

「芽依は座ってて」

しかし、彼女は座らなかった。その場に立ったまま、少し考えるような顔をしてから聞いてきた。

「手伝っちゃ駄目ですか？」

「駄目じゃないけど、一人でできるよ」

苦笑いしながら答えた。料理もできないと思われた、と感じたのだ。だが、そうではなかった。芽依の申し出には意味があった。

「夢だったんです」

「夢？」

聞き返すと、芽依の頬が赤くなった。ひどく恥ずかしそうな顔をしながら、彼女は話してくれた。

「一緒にごはんの用意をしたかったんです。子どものころから、ずっと、好きな人と食事の支度をすることに憧れていました」

今度は、颯太の顔が熱くなった。大好きな彼女に「好きな人」と言われたのが嬉しかった。

「ええと、あの……。あ……ありがとう」

しどろもどろになってしまった。その様子がおかしかったらしく、芽依が吹き出した。颯太も笑った。永遠に笑っていられるくらい幸せだった。

「それじゃあ、手伝ってもらおうかな。丼の仕上げの盛り付けを頼んでいい？」

「はい」

こうして二人で作ったのが、マグロの漬け丼だった。珍しい食べ物じゃないけど、一手間かけてあった。

マグロを柵《さく》の状態で湯引きをしたのだ。湯引きすることによって、マグロの旨味を閉じ込めておくことができる。

「美味しそう」

「そうだといいけど」

自信があるくせに、そんな言葉を言った。テーブルの上には、二人分のマグロの漬け丼と味噌汁が並んでいる。

「食べようか」

「はい。いただきます」

軽く手を合わせてから、完成したばかりのマグロの漬け丼を食べた。芽依は一口食べて、すぐに言った。

「すごく美味しいです」

颯太も、箸を付けて驚いた。

「……本当だ。すごく美味しい」

自画自賛したわけではない。いつも一人で食べているマグロの漬け丼とは味が違った。いつもと同じように作ったのに、香ばしいにおいを感じた。味も濃厚で、箸が進んだ。このときは、好きな人と一緒に食べるから美味しいのだろうと思った。それでも、聞いてみた。

「もしかして、美味しくなる魔法をかけた？」

芽依は笑ったが、否定はしなかった。

「はい。ちょっとだけ」

本当に、それは魔法だったのかもしれない。颯太を幸せにする魔法。彼女がいなくなってから——ちびねこ亭に行くことが決まった後に、湯引きマグロの漬け丼を作ってみたけど、少しも美味しくなかった。あのときと同じように作ったつもりなのに、まるで別物だった。半分も食べられなかった。

魔法が解けてしまった後の食事は、ひどく味気ないものだった。味だけでなく、マグロの漬け丼そのものが色褪せて見えた。

それなのに……。

ちびねこ亭で出てきた湯引きマグロの漬け丼を見て、喉が鳴りそうになった。それほど美味しそうだった。

マグロは表面が霜降りになっていて、切断面は生のままだ。綺麗に湯引きされている。

そして、工夫されているのは刺身だけではなかった。櫂が注釈を加えるように言った。

「ご注文いただいた通り、宮醤油店さまの醬油で漬けダレを作りました」

千葉県は醬油の名産地だ。全国的に見ても、レベルの高い醬油を手に入れることができる。例えば、この『宮醤油店』だ。富津市佐貫《さぬき》にあり、天保《てんぽう》五年（一八三四）創業と歴史のある老舗《しにせ》だ。人工的な温度管理をしない天然醸造方式の醤油を製造しているという。

颯太は、その店の醤油を使っていた。専門家ではないので詳しいことは分からないが、醤油に旨味が詰まっているように感じる。マグロを始めとする刺身との相性も抜群だ。

それにしても似ている。予約をしたときに説明したのだから当然かもしれないが、芽依と一緒に作った漬け丼にそっくりだった。卵黄や大葉、刻み海苔、わさびなどがトッピングされていて、彩りのバランスもいい。また、香りもよかった。

すると、そのとき、どこからともなく声が聞こえた。

〝美味しそう〟

「え？」

颯太は腰を浮かせた。くぐもってはいたけれど、間違いなく芽依の声だった。慌てて周囲を見た。

でも、彼女はいなかった。店内には、櫂とちびしかいない。櫂が、颯太の反応に驚いたように聞いてきた。

「どうかなさいましたか？」

「……いえ」

首を横に振った。空耳だったようだ。芽依と会えるにしても、まだ現れるわけがない。思い出ごはんを一口も食べていないのだから。

改めてテーブルを見た。二人分の食事——湯引きマグロの漬け丼と味噌汁が置かれている。味噌汁は具だくさんで、にんじん、玉ねぎ、じゃがいも、刻んだ油揚げが入っていた。あのとき、颯太が作ったものと同じだ。まだ十分に熱いらしく、湯気がはっきりと立っている。

「いただきます」

颯太は軽く手を合わせてから、味噌汁を飲んだ。野菜の甘みと油揚げのコクが、しっかりと出ていた。じゃがいもがホクホクと美味しい。

それから、味噌汁の椀を置いて、マグロの漬け丼を手に取った。ご飯は少なめ。軽く一膳分くらいだろうか。あのとき、芽依が盛り付けた量と同じくらいだ。

卵黄を崩してマグロに絡めて食べた。わさびの辛さが、こってりとした卵黄とマグロによく合っている。

美味しかった。

だけど、すごく美味しくはない。芽依と一緒に作った湯引きマグロの漬け丼には及んでいない。同じ料理に見えたのに、何かが違っていた。やっぱり、魔法は解けてしまったのだろうか？

一口二口食べたところで食欲がなくなった。食べる気力を失ってしまった。

「ごちそうさま」

そう言って箸を置こうとしたときだ。ふいに、昼寝していたはずのちびが小さく鳴いた。

「みゃ」

見れば、起き上がっていた。椅子の上で立ち上がり、こっちに顔を向けている。テーブルを見ていた。刺身を見ているのかと思ったが、子猫の視線はテーブルの端に向けられていた。

その視線を追いかけると、調味料の小瓶が置いてあった。珍しいものではない。颯太の家にもあるものだ。

「ごま油……」

加熱調理だけでなく、ドレッシングや料理の香味づけとしても使うことのできる万能調味料だ。しかし、颯太はフライパンで炒め物をするときくらいしか使ったことがなかった。

「みゃん」

ふたたび、茶ぶち柄の子猫が鳴いた。ごま油の香りを嗅ぐように、鼻を動かしていた。

「……そうか」

やっと気づいた。颯太は、ごま油の小瓶を手に取り、湯引きマグロの漬け丼に何滴か垂らした。これが、魔法の正体だったのだ。

「あのときと同じにおいだ」

簡単でありがちな工夫だった。今まで気づかなかったのが不思議なくらいだ。あのとき、仕上げを芽依に任せた。彼女がごま油を垂らしてくれたのだ。

見切り品の刺身はパサパサしがちで、風味が劣っていることも多い。ごま油を垂らすことで、それらの欠点を補うことができる。また、ごま油の独特の香味は、マグロの旨味を引き出す働きがあるようだ。

「そうだったんだ」

颯太は呟き、ふたたび箸を取った。そして、ごま油を垂らした湯引きマグロの漬けを食べた。

この味だ、と思った。芽依と一緒に作ったマグロの漬け丼が再現されていた。まったく同じ味がする。

「思い出ごはんか……」

言葉にすると、涙が滲《にじ》んだ。芽依とすごした時間が、走馬灯のように脳裏を駆け巡った。楽しかった。幸せだった。二人で、たくさん笑った。

どんな時間でも終わってしまえば、過去の思い出になる。自分の身に起こったこと全部が、一瞬の出来事のように思えるときが来る。

この時間だって、そうだ。きっと、あっという間にすぎてしまう。過去の出来事になってしまう。すべての時間は、掛け替えのないものだ。

だから、自分を哀れんで泣くのはやめよう。思い出の料理を味わい、芽依の冥福を祈ろう。それが颯太にできるすべてだった。

涙を拭《ぬぐ》い、弔いの気持ちを込めて、あの日の芽依の台詞を口にしよう。「すごく美味しいです」と言おうとした。

〝すごく……〟

だけど、続きの言葉が出てこなかった。声がおかしくなっていることに気づいたからだ。自分の声が、くぐもって聞こえた。咳払いしてみたが、喉の調子は悪くない。すると、耳の問題だろうか？

他の人間の声を聞いてみようと思い、テーブルのそばに立っている櫂に話しかけようとした。

〝あの――〟

そして、目を丸くした。

〝え？〟

ちびねこ亭の主の姿が消えていたのだ。さっきまでテーブルのそばに立っていたはずの櫂がいなくなっていた。それだけならキッチンに戻っていったと思うこともできたが、店内の様子が普通ではなかった。

霧だ。

どこから入ってきたのか、濃い霧が立ち込め始めていた。ドライアイスをたいたように、目に見える何もかもが真っ白になろうとしていた。

〝これは、いったい――？〟

呆然と呟くと、猫の鳴き声が聞こえた。

〝みゃあ〟

鳴いたのは、ちびだった。茶ぶち柄の子猫が、安楽椅子の上に立っていた。しっぽをピンと伸ばして、入り口の扉を見ている。鳴き声はくぐもっているが、その他の様子は、さっきまでと変わりがない。

ふいに足音が聞こえた。この店に向かってきている。ふと、颯太の脳裏に、田丸陽葵から聞いた言葉が思い浮かんだ。

ちびねこ亭は、死んでしまった大切な人と会える店なんです。

〝もしかして――〟

そう呟いた瞬間、店の扉が開き、カランコロンと音が鳴った。外の世界は、ミルクみたいに真っ白だった。海も空も見えないほどの霧に覆われていた。

〝みゃ〟

ちびが出迎えるように鳴くと、白い人影が店に入ってきた。ハレーションを起こしたように白くぼやけていて、はっきりとは見えないけれど、小柄な女性のシルエットだった。

芽依が現れた。

死んでしまった彼女が、会いに来てくれた。

そう思った瞬間、違和感に襲われた。その人影は杖を持っていなかったのだ。白い杖を持っていない。

だが、歩くのに困っている様子はなく、まっすぐに颯太のほうに歩いてくる。目の見える人間の歩き方だった。

芽依ではないのだろうか？

疑問に思ったときには、白い影はすぐそこまで来ていた。颯太の座るテーブルの前で止まった。そして、顔がはっきりと見えた。

芽依だった。

やっぱり彼女だった。

けれど、生きていたころと同じではなかった。彼女の視線を感じた。目が見えないはずの芽依が、颯太の顔を見ていた。

彼女は、目が見えるようになっていたのだった。


芽依の視力が不自由なのは、生まれつきではなかった。付き合い始めたばかりのころ、駅に向かう道すがら彼女が話してくれた。

「中学生のときに交通事故にあったんです」

青信号で横断歩道を渡っていたら、信号無視をした自動車とぶつかった。アスファルトに倒れた拍子に頭を打っただけで、何の怪我もしなかったのに、視力を失ってしまったという。皮肉なことに、彼女が命を落とすことになった事故とよく似ていた。

「すぐに見えなくなったわけではありませんでした」

芽依は静かな口調で続けた。三ヶ月かけて徐々に光を失っていった。その間に点字をおぼえたり、生きる準備をしたと言った。

芽依には、両親がいない。物心つく前に母親が死に、父一人娘一人で暮らしてきたが、その父親も死んでしまった。彼女が視力を失った半年後に病気が見つかったのだった。

「自分だって大変なのに、ずっと、私のことを心配してくれたんです」

芽依の声は湿っていた。颯太は、彼女の父親の気持ちを思った。娘を残して逝《い》くのは、心残りだったに違いない。長い闘病生活の末、芽依の大学卒業を待っていたかのように他界した。

「最期まで心配してくれました。病気で苦しかっただろうに、私を慰めようとしてくれたんです」

他界する直前、病院で芽依に言葉を残していた。彼女は、その父親の言葉を颯太に教えてくれた。

大丈夫だから。

きっと、大丈夫だから。

「おかしいですよね。大丈夫なことなんて、何もないのに」

芽依は呟くように言った。その後は、黙って駅まで歩いた。気の利かない颯太には、かける言葉が思い浮かばなかった。

あの世には、痛みも苦しみもないという。目が見えなくなった原因が交通事故にあるのなら、芽依の視力が回復していても不思議はないように思えた。あの世に行っても病気や怪我が治らず、苦しみ続けるのは救いがなさすぎる。

目が見えるようになったのは救いだったけれど、颯太は顔を伏せてしまった。この場から逃げ出したい気持ちになったのだ。

盲目だった芽依は、颯太の顔を知らない。こうして初めて見て、がっかりしただろうと思った。人は見た目じゃないと言うが、中身にも自信がなかった。他人を僻《ひが》んでばかりいる暗い性格で、コミュニケーションを取ることも苦手だ。そうかと言って貯金もなく、芽依に釣り合うものは何も持っていない。

ふと、出会ったばかりの櫂を思い浮かべた。やさしげな二枚目で、小さいながらも居心地のいい店を持っている。物静かだが、物腰は丁寧で、性格が悪いようには見えない。櫂が恋人だったら、芽依もプロポーズを断らず、死ぬこともなかったのかもしれない。

そう思うと、悲しかった。自分が自分であることが辛かった。芽依に申し訳ないと思った。せっかく会いに来てくれたのに、きっと、がっかりさせてしまっただろう。

颯太は、恋人だった彼女に謝ろうとした。ぱっとしない容姿や、どうしようもない中身を謝ろうとした。

だが、芽依のほうが早かった。

〝こんな私でごめんなさい〟

テーブルのそばに立ったまま、深々と頭を下げたのだった。一瞬、颯太を振ったことを謝っているのかと思ったが、そうではなかった。

〝目が見えなくてごめんなさい〟

悪いことをしたかのように、彼女の言葉は震えていた。頭を下げたまま、今にも泣き出しそうだった。

颯太は、黙っていた。どうして謝られるのか分からなかったのだ。確かに、芽依は目が不自由だ。それを気にしたことがないと言えば嘘になるけれど、謝られる覚えはない。彼女はしっかりしていて、何でも自分でできた。実際に迷惑をかけられた記憶もなかった。

そのことを伝えようと思ったが、上手く言葉にできなかった。そんな颯太に向かって、芽依は続ける。

〝もう死んじゃったんだから、会うべきじゃない。そう分かっていたんですが、颯太さんに謝りたくて来てしまいました〟

それは違う。颯太は否定した。

〝おれのほうから会いに来たんだよ〟

芽依に会いたくて、ちびねこ亭を訪れたのだ。そして、思い出ごはんを作ってもらった。

そう思ったとき、頭の中で声が聞こえた。


大切な人と会えるのは、思い出ごはんが冷めるまで。

湯気が消えたら、あの世に帰ってしまうの。

それで、もう二度と会うことはできない。


縞三毛猫のいる喫茶店で、田丸陽葵はそう言った。たぶん、そう言った。いや、言ったような気がする。

ほんの数日前のことなのに、すでに記憶は曖昧《あいまい》だった。だけど、颯太はそれが真実であることを知っていた。

芽依と一緒にいられるのは、思い出ごはんが冷めるまでなのだと知っていた。この奇跡の時間は、永遠には続かない——。

テーブルの上を見た。味噌汁の湯気が消えかけている。思い出ごはんが冷めようとしていた。

もう時間がなかった。一刻も早く、言うべきことを言わなければならない。颯太は立ち上がり、芽依に頭を下げた。

〝謝らなきゃいけないのは、おれのほうだ〟

すると、彼女が驚いたように顔を上げて、不思議な言葉を聞いたという顔で問い返してきた。

〝颯太さんが私に謝る？〟

謝りたいことはたくさんあったが、真っ先に口を衝いて出たのは、芽依が事故に遭ったときのことだ。

〝おれのせいで命を落とすことになった。本当にごめん〟

謝って済むことじゃないと思いながらも、颯太はいっそう深く頭を下げた。心の底から申し訳ないと思っていた。

〝そんな……〟

一瞬、言葉に詰まってから、芽依は首を横に振った。

〝あれは、颯太さんのせいじゃないです〟

強い口調で否定したが、颯太は頷けなかった。自分に気を遣っての言葉だと思ったのだ。

〝おれのせいだよ。おれがプロポーズなんかしたから、身の程知らずなことを言ったから、あんなことになったんだ〟

結婚を申し込まなければ、芽依が一人で帰ることもなかったはずだ。一緒にいても事故に遭うかもしれないけれど、こんな自分だって身代わりになることくらいはできる。

〝そんな……〟

同じ言葉を繰り返し、芽依は黙った。さっきと違って、続きの言葉はなかった。何も言わずに口を閉じている。また、うつむいてしまった。

テーブルの上では、味噌汁の湯気がほとんど見えなくなっていた。もう黙っている時間はない。

〝目が見えるようになったんだよね。だったら、おれが冴えない男だって分かったはずだ。芽依と釣り合うような男じゃないんだ〟

自分の言葉が、どうしようもなく悲しかった。本当のことだけに悲しかった。

〝そのことも謝りたかったんだ。情けない男でごめん。駄目な男でごめん。こんな男でごめん〟

何度も何度も頭を下げた。颯太は、涙を滲ませながら謝った。

芽依はうつむいたまま、やっぱり何も言わない。颯太も言葉を失った。思い出ごはんの湯気を確かめる勇気はなかった。きっと冷めてしまっただろう。

もう終わりだ。

奇跡の時間は終わった。芽依と別れなければならない。謝ることはできたが、それは颯太の一方通行で、彼女の言葉は聞けなかった。

そんなふうに肩を落としたとき、彼女が顔を上げた。そして、ふいに言葉を口にした。

〝颯太さんの顔〟

唐突だった。いきなり核心を突かれた気もした。黙っていると、芽依は続けた。

〝目が不自由だと、声とか雰囲気で他人の顔を想像するようになるんです。颯太さんの顔も想像していました〟

それから、颯太の顔をじっと見た。

〝思っていた通りの顔です。ううん、それ以上。冴えない男だなんて、とんでもないですよ。誠実そうでやさしい顔をしています〟

芽依の瞳は潤んでいた。颯太と目が合っても逸《そ》らさない。お世辞も嘘も言っていないと分かった。すると、疑問が——とてつもなく大きな疑問が生まれる。

〝だったら、どうして……。どうして、プロポーズを受けてくれなかったの？〟

責めるでもなく聞いた。純粋に分からなかった。颯太の収入の問題だろうかとも思ったが、そんな雰囲気でもない。

この疑問に対する芽依の返事は、予想もしていなかったものだった。

〝颯太さんに幸せになって欲しかったんです〟

彼女は言った。颯太は眉根を寄せて、その言葉について考えた。でも、意味が分からなかった。

幸せになりたくて結婚を申し込んだのに、プロポーズを受けてもらえなかった。その理由が、颯太の幸せを願ってのことだなんて納得できるわけがない。綺麗事を言って誤魔化しているのではなかろうかと、芽依の気持ちさえ疑った。

だが、またしても自分は間違っていた。意味が分からなかったのは、颯太の苦労が足りていないからだった。綺麗事などではなかった。

〝目の見えない女と結婚するのは、幸せなことじゃないと思ったんです〟

そして、芽依は話し始めた。今まで誰にも言えなかったことを、颯太に話してくれた。

○

見えないことは、不幸じゃない。そんなふうに言う人もいるし、実際に、幸せに暮らしている人もたくさん知っています。

でも、私はそうじゃなかった。自分を不幸だと思って、泣いて暮らしていました。どうして自分ばかりが、こんな目に遭うんだろうって、信じてもいない神様を恨んでいました。

だから、罰が当たったのかもしれません。視力だけじゃなく、お父さんまでいなくなってしまいました。

お父さんが死んじゃって、独りぼっちになりました。家に帰っても、「ただいま」を言う相手もいない。電気を点けても、私の暗闇はなくならない。転んでも、誰も助けてくれない。

今だから──颯太さんにだから言うけど、早く死にたいと思っていました。独りぼっちの暗闇しかない人生に耐えられなかったんです。

自殺しなかったのは、死ぬ度胸がなかったから。

DVDで映画やドラマばかり見ていたのは、辛い現実から逃げたかったから。

そんなとき、颯太さんと出会った。こんな私にやさしくしてくれた。こんな私を好きだと言ってくれた。すごく幸せでした。家に帰っても、颯太さんのことを考えてました。独りぼっちじゃないって思えたんです。

中学生のときに目が見えなくなっちゃったせいで、誰かを好きになったことがなかったんです。好きになっても迷惑だって思うと、恋なんてできない。

でも、一度でいいから恋をしてみたかった。好きな人と両思いになって、一緒に歩きたかった。幸せな思い出を作りたかった。

叶《かな》うはずのない夢だと諦めていたけど、颯太さんのおかげで叶った。一緒に歩けたし、幸せな思い出もたくさんもらえた。しかも、プロポーズまでしてもらえるなんて想像もしていませんでした。

颯太さんのおかげで、本当に幸せでした。

もう死んじゃったから、こっちの世界にいることができなくなったから、少しだけ甘えて本音を言います。

私は、あなたのことを愛しています。こんなにも好きになったのは、颯太さんだけです。一緒に暮らしたかった。颯太さんと結婚したかった。おじいちゃん、おばあちゃんになっても手をつないで歩きたかった。

でも、私の不幸を颯太さんに背負わせるわけにはいかない。結婚するわけにはいかない。大好きな颯太さんを不幸にするわけにはいかない。

そんなふうに考えたら、プロポーズに頷けなくなりました。あなたに迷惑をかけて嫌われることが怖かったんです。

最後だから言ってしまいます。プロポーズをされて「大丈夫です。一人で帰れますから」って言ったくせに、駅の近くまで行って引き返そうとしたんです。このまま別れたくなかったから。颯太さんのことが大好きだったから——。

それから、私の編んだセーターを着てくれたんですね。目の見えない女が編んだセーターなんて重すぎるかと思って、ずっと渡せませんでした。着てくださって、ありがとうございます。

結婚できませんでしたが、私は幸せでした。この思い出を持って、あの世に戻ります。

颯太さん、どうか幸せに。

私の分まで長生きして幸せになってください。

○

芽依は泣いていた。涙を流したまま立ち上がり、〝さよなら〟も言わずに歩き出した。颯太に背中を向けている。

思い出ごはんの湯気は消え、ちびねこ亭から出ていこうとする彼女の姿も透き通って見えなくなりかけていた。

大好きな芽依が、あの世に帰ってしまう。颯太の前からいなくなってしまう。止めたいのに、言葉が見つからない。それでも分かったことがある。彼女に伝えたかったのは、〝ごめん〟ではなかったのだ。他に伝えるべき言葉があった。でも颯太には、それが何だか分からない。

ただ、このまま彼女を行かせてはならないと思った。だから、芽依を追いかけようとした。

しかし、颯太の足は動かなかった。椅子から立ち上がることすらできず、金縛りにあったみたいになっていた。大好きな彼女を呼び止めようとしたけれど、声も出なかった。喉が強張って、しゃべることができない。

そうしているうちにも、芽依は歩いていく。颯太から遠ざかっていく。やがて、ちびねこ亭の扉が開くと、外界の冷たい空気が食堂に入ってきて、ドアベルがくぐもった音で鳴った。

カランコロン。

芽依は振り返りもせず、ちびねこ亭から出ていった。外の世界は、やっぱり真っ白で雲の中にいるみたいだった。彼女の姿が、その雲の中に消えていこうとしている。

——結局、何もできないのか。

颯太は、唇を強く噛んだ。胸が張り裂けそうだった。

そのときのことだ。突然、パサリと音が鳴った。何かが、床に落ちた音だ。視線を向けると、颯太の足もとにスケッチブックが落ちていた。

〝どうして……ここに？〟

急に声が出た。金縛りが解けていた。ちびねこ亭の床にあったのは、家に置いてきたはずの颯太のスケッチブックだった。

〝みゃあ〟

ちびが、どことなく面倒くさそうに鳴いた。すると、ふたたび不思議なことが起こった。スケッチブックが風もないのに捲《めく》れ、結婚式の絵が描いてあるページが開いたのだった。

そこには、プロポーズする前に鉛筆で描いた結婚式の絵があった。そう。颯太と芽依の結婚式の絵だ。それを見た瞬間、彼女に伝えるべき言葉が分かった。

〝芽依！〟

人生で一番の大声を出した。大好きな彼女の名前を力いっぱい叫んだ。

芽依が立ち止まり、驚いた顔でこっちを見た。颯太は、頭に浮かんだ言葉を叫んだ。

〝結婚してください！　おれと結婚式を挙げてください！〟

二度目のプロポーズだった。彼女が死んでも、颯太の気持ちは変わらない。芽依を愛していた。大好きだった。どんなに叫んでも叫び足りないくらい好きだった。

また断られるかと思ったが、芽依は首を横に振らなかった。

〝は……はい〟

こくりと頷いた瞬間、彼女の目から涙があふれた。その涙を拭いもせず、はっきりと返事をした。

〝こんな私でよかったら、颯太さんのお嫁さんにしてください！　私と結婚してください！〟

芽依も叫んでいた。大声を出して、颯太のプロポーズを受けてくれた。うれしかった。幸せだった。

だけど、これからどうすればいいのか分からない。どうすれば、死んだ人間と結婚できるのか分からなかった。

そんな颯太を助けてくれたのは、またしても茶ぶち柄の子猫だった。

〝みゃあ〟

外界に向かって小さく鳴いた。すると、その声が合図か魔法だったように、ドアベルとは違う音が鳴り始めた。


カラン、カラン。


教会の鐘の音。

颯太にはそう聞こえた。しかも、その音は、床に落ちたままになっているスケッチブックの中で鳴っていた。間違いなく足もとから聞こえてくる。

〝……まさか〟

そう呟きながら視線を落とすと、鉛筆で描いた鐘の絵が動き、〝カラン、カラン〟と音を立てていた。

〝嘘だろ?〟

口に出して言ったものの、颯太はもう驚いていなかった。これから起こることが分かったからだ。

その予想は的中する。次の瞬間、スケッチブックが風に吹かれたように舞い上がり、ちびねこ亭の外に飛んでいった。

いつもは助けてくれない神様が——意地悪ばかりしている神様が、自分と芽依のために奇跡を起こしてくれた。

颯太は立ち上がり、扉の外に出た。真っ白な世界を歩いて彼女のそばまで行き、右手を差し出した。

〝行こうか〟

芽依も、これから起こることが分かったようだ。恥ずかしげに微笑《ほほえ》みながら返事をした。

〝……はい〟

そして、颯太に左手を預けた。二人はしっかりと手をつなぎ、真っ白な世界を歩き出した。

海も空も砂浜も消えていたが、白い貝殻の小道は残っていた。その小道を芽依と歩いた。幸せだった。それなのに涙があふれてきた。

生きることは、一人旅をすることなのかもしれない。誰かと出会っても、いずれ別れなければならない。だからこそ、二人でいる時間が愛しい。

涙で滲む視界の先に、鉛筆で描いた教会があった。スケッチブックに描いた絵と同じ建物が、白い貝殻の小道の先に建っていた。彩色していない教会は、ひどくみすぼらしく見えた。

でも、不安はなかった。意地悪な神様が——茶ぶち柄の子猫が、トコトコとついてきたからだ。ちびは、また魔法を使った。

〝みゃ〟

面倒くさそうに鳴くと、モノクロの教会に色が付いた。古びてはいるけれど、立派な教会が目の前にできあがった。カランカラン、カランカランと鐘が鳴っている。ウェディングベルの音が、二人を祝福してくれている。

これから芽依と結婚式を挙げる。ただ、足りないものがあった。颯太は、催促するつもりで茶ぶち柄の子猫の顔を見た。言葉にしなくても、何を求められているのか分かったようだ。ちびがため息をつくように鳴いた。

〝みゃあ〟

すると、颯太の着ていたセーターの糸がほどけ、くるくると円を描くように舞い始めた。純白の糸が、自分と芽依の身体を包み込んだ。

何が起こったのかは分からなかった。気づいたときにはセーターの糸は消えてなくなり、二人の服装が変わっていた。颯太は純白のタキシードを着て、芽依もやっぱり純白のウェディングドレスを着ていた。

〝みゃ〟

茶ぶち柄の子猫は鳴いた。これでいいかと聞かれた気がしたが、ちびは颯太の返事を待つことなく、回れ右をして食堂に帰っていった。これ以上、人間のわがままに付き合うつもりはないみたいだ。

〝私、幸せです〟

〝悪いけど、おれのほうが幸せだから〟

軽口を叩いて、笑い合った。どうしようもなく幸せだった。こんな人生を歩めるとは思っていなかった。

二人だけの結婚式が始まる。

二人は、手をつないだまま教会への道を歩いた。

どこか遠くで、カランコロンとドアベルの音が鳴った。その音は、遥か遠くにあった。

遥か、遥か遠くに。

ちびねこ亭特製レシピ

湯引きマグロの漬け丼

材料（２人前）

・マグロ　１柵
・卵黄　２個
・醤油　適量
・みりん　適量
・ごま油　適量
・わさびなど好みの薬味　適量
・ごはん　２膳分

作り方

1　マグロを柵のままザルに載せて熱湯をかける。表面がほのかに白くなったら、氷水で冷やし、キッチンペーパーで十分に水気を取る。
2　醤油とみりんを混ぜ合わせたタレに、１のマグロを漬ける。１時間を目安に冷蔵庫で寝かせる。
3　２のマグロを食べやすい大きさにカットする。汁気が気になる場合は、これもキッチンペーパーで取る。
4　ごはんを丼などによそい、マグロを載せて、好みの薬味をトッピングする。さらに卵黄を入れて、仕上げにごま油を軽く垂らす。

ポイント

しょうがやにんにくを漬けダレに加えても美味しく食べることができます。

たび猫とあの日の唐揚げ

あじさいねぎ

「あじさいねぎ」とは、松戸市小金地区で、江戸時代頃からあじさい寺（本土寺）周辺で続けられてきたねぎ栽培技術をもとに品種改良を重ねた「わけねぎ」のことです。

平成16年10月1日に「あじさいねぎ」としてとうかつ中央農業協同組合（旧千葉小金農業協同組合）が登録商標を取得し、主に東京都、千葉県、埼玉県、神奈川県などに出荷しています。

千葉県ホームページより

堤良介《つつみりょうすけ》は、いつの間にか六十歳の誕生日をすぎていた。千葉県君津市に引っ越して来てから、一年ちょっとの歳月が流れた。

このあたりに土地勘があったわけではない。大学も勤め先だった出版社も、暮らしているマンションも東京にあった。子どもはなく、妻の真由美《まゆみ》と二人だけの生活だった。毎日の暮らしに不便も不安も感じなかった。

東京のマンションは、終《つい》の棲家《すみか》のつもりで買ったものだった。それを売りに出して、内房の町にやって来た。妻と二人ですごすために――。

だけど、もう、真由美はいない。まだ新しい海辺の家で、良介は独りぼっちだった。ポツンと一人で暮らしている。

書籍編集者だった良介は、孤独な老人を描いた小説を何冊も読んでいた。まさか、自分が同じ境遇になるとは思ってもいなかった。孤独な老人になる日が訪れるとは想像さえしていなかった。

もちろん、何十年も前ならともかく、もう六十歳を老人と呼ぶ時代ではないことは分かっている。定年を六十五歳に引き上げた企業も多く、二〇二五年から定年制を採用しているすべての企業で六十五歳定年制が義務になる。いずれ七十歳まで引き上げられるだろう。良介が勤めていた会社でも、希望すれば定年の延長ができる。再就職を斡旋してくれる話もあった。

本を作ることが大好きで、出世を避けるようにして現場にしがみついていた仕事人間だったが、定年の延長も再就職もしなかった。

「東京を離れて、妻と二人でのんびり暮らすつもりです」

そんな言葉で断った。実を言うと、一度は定年の延長の手続きをしたのだが、取り消していた。会社の人間は事情を知っていて、良介の撤回を咎《とが》めなかった。それどころか、やさしい言葉をかけてくれた。

「気が変わったら、いつでも言ってください」

本当は、「事情が変わったら」と言いたかったのかもしれない。いずれ良介が独りぼっちになると、彼らは知っていた。

辛い出来事ほど、はっきりとおぼえている。

忘れたいことほど、忘れられない。

良介の定年退職が一年後に迫ったときのことだった。真由美の身体に病気が見つかった。誰だって歳を取れば、病気になりやすくなる。妻は良介より年下で五十五歳にもなってい なかったこともあって、最初は心配していなかったが、すぐに状況は変わった。変えられてしまった。

「残念ですが」

そう前置きして医者は告知した。専門用語を交えて、丁寧に説明してくれたが、つまりは二行で収まる内容だった。

余命六ヶ月。

来年の正月を迎えることができるかは分からない。

耳を疑った。

何度も問い直し、聞き間違いではないと分かると、「治してくれ」と医者にすがった。

「全力を尽くしますが……」と言葉を濁された。

良介は、信じてもいない神に文句を言い、最後には自分を責めた。手遅れになるまで気がつかなかった自分が悪いと思ったのだった。

真由美は取り乱さなかった。少なくとも、良介の前では落ち着いていた。謝る良介を慰めてくれさえした。

「あなたのせいじゃないから」

その声はやさしかった。けれど、すでに死を覚悟しているように聞こえ、良介は返事ができなかった。ただ泣いていた。必死に涙をこらえはしたけれど、結局、泣いていた。

余命宣告を受けた後も、妻の治療は続いた。何度目かの手術を受けた後、千葉県にある病院に入ることになった。腕のいい医者がそろっている有名な病院だったが、治療を目的としての入院ではなかった。なるべく苦しまずに死ぬための入院だった。

真由美の人生が終わろうとしていた。見舞いに行くたびに、妻は痩せ細り、余命は減っていく。良介はどうすることもできなかった。男なんて弱いものだ。病室で泣かないようにするだけで精いっぱいだった。

そんな中で、千葉県に家を買ったのは、少しでも真由美のそばにいたかったからだ。仕事は定年退職前なので、引き継ぐくらいしかやることがない。自宅勤務が増えているご時世ということもあり、良介が出社しなくても問題はなかった。むしろ有給休暇を取るように勧められた。

仕事なんて、どうでもよかった。妻が余命宣告を受けたとき、定年退職を待たずに辞めようと考えた。

「駄目よ。最後まで勤めて」と真由美に反対されていなかったら、その日のうちに辞表を出していただろう。今となっては、どちらが正しかったのかは分からない。

真由美との生活は続いた。余命宣告を受けはしても、病院に縛り付けられているわけではない。まだ動くことができた。だから、医者の許可があれば、家に帰ってくることもできた。そのために、病院のある町の近くに家を買ったのだから。

帰ってくることができたのは、一度きりだった。たった一度だけ、二人の家に帰ってきた。

「いい家ね」

まだ新しい家を眺めるように見て、真由美はそう言った。眩《まぶ》しいものを見るような顔をしていた。

「ああ、いい家だ。ここで二人で暮らすんだ。春になったら、すぐそこの川沿いの道に菜の花が咲くそうだ。おまえ、花は好きだろう？　一緒に見にいこう」

「楽しみね」

良介の言葉に、真由美は頷いた。春になっても生きていて欲しいと願う夫の気持ちを否定しなかった。良介は、奇跡が起こると信じていた。

だけど、駄目だった。人生は儚《はかな》く、時の流れは残酷だった。願いは叶わず、奇跡は起こらない。一緒に菜の花を見にいくことはできなかった。

一時帰宅を終えて、病院に戻った三日後のことだった。真夜中すぎに携帯電話が鳴った。病院からの電話だった。

連絡を受けて慌てて駆けつけると、真由美は目を閉じていた。もう息はしていなかった。心臓も止まっている。死んでしまったのだ。良介を置いて、あの世に行ってしまったのだった。

病院に不満はない。医者や看護師もよくしてくれた。何よりも、妻は海が好きだった。海の見える病院で、最期の一時《ひととき》をすごすことができた。今も波の音が聞こえている。そのことが救いに思えた。

泣かずにこらえていたのに、病室で泣かないという自分で決めたルールを守っていたのに、ふいに聞こえた空耳が台なしにした。

〝あなた、ありがとう〟

くぐもってはいたが、真由美の声だった。聞こえるはずのない妻の声が聞こえた。その瞬間、立っていられなくなった。膝《ひざ》からくずおれた。

そして、泣いた。病室の床に跪《ひざまず》いて大声で泣いた。獣のように泣き叫んだ。幼子のように顔を隠すようにして泣いた。

夢ならばいいと思った。

夢であってくれと思った。

真由美が死ぬのは、どうしても嫌だった。ずっと入院したままでもいいから、自分のそばにいて欲しかった。生きていて欲しかった。医者や看護師に挨拶することさえ頭になかった。泣きながら、声を絞り出すように妻に頼んだ。

「死なないでくれ。おれを一人にしないでくれ。お願いだから……一生のお願いだから、目を開けておくれ」

だけど、一生のお願いは聞いてもらえなかった。


こうして、良介は独りぼっちになった。東京には戻らず、ずっと千葉県で暮らしている。

あんなに好きだった本も読む気になれない。山のように積んである本が視界に入っただけで、かつて妻と交わした会話が思い浮かぶ。良介が本を読んでいると、真由美はよく言った。

「面白そうな本ね」

「いや、つまらないよ。仕事で仕方なく読んでいるだけだから」

そう返事をしても、彼女は納得しなかった。良介が読み終わるのを待って、つまらない本を読んでは、必ず、いいところを見つける。「面白かったわ」と褒《ほ》める。悪いところばかりが目に付く自分とは、正反対だ。妻のほうが編集者に向いていたのかもしれない。

もともとは、真由美も編集者だった。同じ出版社の後輩だ。良介と結婚することになって、寿退社をした。女性の多くが結婚すると、仕事を辞める時代だったような記憶がある。実際にどうだったのかは分からないけれど、良介は真由美が退職するのを当たり前のように受け入れた。それも、もう三十年以上も前の話だ。そんな昔の記憶なのに、つい最近のことのように思えてしまう。人生なんて短いものなのかもしれない。

「あっという間だったな」

妻のいなくなった家で、良介は独り言を呟いた。話す言葉のほとんどが、独り言か真由美に話しかける呟きだった。「女のほうが長生きするものだろ」と、遺影の妻に文句を言った。

ときどき、昔の同僚から電話やメールが届く。良介は電話に出ず、メールも返さなかった。その気力がなかった。ただ、真由美とすごした日々を思い出して暮らしていた。家から出るのは、最低限の買い物に行くときと、墓参りに行くときくらいだ。

真由美の墓は、この海の町にある。彼女がそう望んだ。この町で眠りたい、と良介に言ったのだった。

「東京に戻ったら、私のお墓なんか忘れちゃっていいから」

そんなふうにも言った。余命宣告を受けた後のことだった。叱ることも冗談にすることもできなかった。妻は、良介が働き続けることを望んでいたようだ。東京に戻って復職するものだと決めつけていた。

真由美は、こんな台詞も口にした。

「これからも、たくさん面白い本を作ってね」

遺言のように聞こえた。縁起でもないが、そう聞こえた。良介は首を横に振って、力なく応えた。

「もう現場は無理だよ」

すると、真由美に発破をかけられた。

「人生百年の時代なのよ。元気なうちは働かなきゃ」

――人生百年。

最近よく聞く言葉だが、こうなってみると呪わしいかぎりだ。その言葉を真に受けるなら、真由美のいない人生があと四十年もあるということになる。

「四十年なんて、あっという間だ」

自分を励ますように言ったが、その声はひどくうつろで、何かの抜け殻みたいだった。

妻とすごした三十年余りは瞬《まばた》きする間に通りすぎていったが、一人ですごすとなると、四十年は永遠にも思えた。

誰もいない家に独りぼっちでいると時間が進まない。時計の針が、ゆっくりと進む。そのくせ夜はよく眠れず、朝早く目が覚める。

この日も、太陽が昇りきらないうちに布団から起き上がった。朝食は取らない。真由美がいなくなってから、食べる習慣がなくなった。時には昼食を取ることも忘れてしまうが、空腹は感じない。だから、すっかり痩せた。鏡を見ると、七十歳にも八十歳にも見える老人がいた。

「人生百年か……」

そう呟く他は、何もしなかった。テレビをつけるでもなく、コーヒーやお茶を淹れるでもなく、ただ、ぼんやりと座って時間が経つのを待った。真綿で首を絞められるように、時間はゆっくりと進んだ。

やがて太陽が昇り、良介は出かけることにした。行く場所は決まっている。真由美の墓参りだ。

その霊園は、歩いて二十分くらいの場所にあった。タクシーに乗ってもいい距離だが、呼んだことはなかった。雨の日も、歩いて墓参りに行く。

外に出ると、まだ二月に入ったばかりだというのに暖かかった。東京に比べて、このあたりは気温が高いような気がする。

小糸川沿いの歩道の脇には、菜の花が咲いている。妻が見ることのできなかった菜の花だ。

道端に咲く可憐な花から目を逸らすようにして、良介は霊園に向かった。人通りもなく、静かな町だった。自分の足音が大きく聞こえる。何も考えずに——考えられずに足を前に進めた。

誰と会うこともなく、霊園に辿り着いた。人がいたためしのない寂しい霊園だが、このときは先客がいた。丸眼鏡をかけた禿頭の八十歳くらいの男性が、真由美の眠る墓石に手を合わせていた。

「佐久間《さくま》さん……」

良介は、老人の名前を口にした。この町でほとんど唯一の知り合い——駅のそばにある眼鏡屋の主人だ。いや、だった。

この老人の眼鏡屋で、本好きの妻のために読書用の眼鏡を作ってもらったのだ。入院していると事情を話すと、病院まで足を運んで眼鏡の調整をしてくれた。

真由美とも気が合ったようだ。眼鏡の調整が終わってからも、ときどき見舞いに来てくれた。

——いい人とお友達になったわ。

そんなふうに妻は言った。良介がいない間に見舞いに来たこともあったようだ。いろいろなことを話したらしく、真由美は佐久間の身に何が起こっているかを教えてくれた。

——眼鏡屋さん、なくなっちゃうんですって。

我がことのように妻は言った。

——区画整理の対象になったの。

年明けから道路拡張工事が始まるという話は聞いていた。佐久間の眼鏡屋があるあたりは道路が狭く、消防車や救急車が入りにくい。地元商店街や自治会からの要請もあって、市が腰を上げたという。ついでというわけではあるまいが、君津市から富津市にかけて大規模な工事をするようだ。何軒もの家が取り壊され、田畑が潰される。

——眼鏡屋を辞めて老人ホームに入るそうよ。

ずっとあった店がなくなるのは残念な気もするけれど、佐久間の年齢を考えれば悪い選択ではないだろう。

――佐久間眼鏡店は六十年以上も続いた老舗で、庭には、大きな欅《けやき》が生えてるの。佐久間さんより年上で、関東大震災のときには根を張っていたっていうから、かなりのものよね。その欅も伐《き》られちゃうの。近所の菜の花畑もなくなっちゃうんですって。

真由美の話は続いた。目が潤んでいるように見える。春を待たずに伐られてしまう欅や菜の花たちに、余命わずかな自分の姿を重ねているのかもしれない。

そう思うと、涙があふれそうになった。良介は窓の外を見る振りをして、その涙をこらえた。

――今度、退院することができたら、佐久間さんの眼鏡屋さんに行きたいわ。許してもらえるなら、欅に触ってみたい。菜の花も見たかったな。

途中から過去形に変わった。

――眼鏡屋さんも、欅も菜の花も、天国に行くのかなあ……。

妻の声は、だんだん小さくなっていった。鎮痛剤が効いてきたのだろう。やがて寝息も立てずに眠ってしまった。

良介は涙をこらえて、真由美の寝顔を見た。菜の花のように可憐で、儚い顔をしていた。

静まり返った真冬の霊園で、眼鏡屋の佐久間は言った。

「お参りさせてもらったよ」

妻の墓には、菜の花が供されている。彼が持ってきてくれたのだろう。真由美が菜の花を見たがっていたことを知っていたのだ。

「ありがとうございます」

良介は、頭を下げた。それだけで涙があふれそうになった。妻がいなくなってから、泣いてばかりいる。

この霊園で佐久間に会うのは、初めてではない。この老人が、ここを訪れるのは真由美の墓参りのためだけではなかった。佐久間家の——両親の眠る墓があった。また、それに加えて、もう一つ理由があるようだ。

——大切な人のお墓もあるのよ。

真由美はそんなことを言っていた。医者に余命宣告を受けた後、妻は自分で墓を決めた。良介は、止めることも賛成することもできなかった。佐久間に霊園について、いろいろ聞いたようだった。

誰もない霊園で、佐久間と並ぶようにして墓石に手を合わせた。何を考えるでもなく、ただそうしていた。

すると、暖かい日差しに誘われるようにして、どこからともなく猫が歩いてきた。近所の猫なのか野良猫なのかは分からない。人に懐《なつ》いている感じはなかったが、人を怖がっている気配もなかった。

黒猫のように見えたけれど、そうではなかった。佐久間が、その猫を見て言った。

「たびねこか」

「え？」

――旅猫《たびねこ》。

そう聞こえた。渡り鳥のように旅をする猫がいるのかと思った。もちろん違った。近づいてくる猫の姿を見て、自分の勘違いに気づいた。

「靴下猫ですね」

足先だけが白い猫のことだ。ソックス猫、足袋《たび》猫とも呼ばれる。霊園に現れたのは、黒地に白の足袋を履いた猫だった。

小柄で可愛らしい猫だからだろうか。漢字で書くよりも「たび猫」と平仮名にするほうが、ぴったりに思えた。そして、たび猫を見たのは初めてではなかった。

「これとよく似た猫が、うちの庭に遊びに来ていました」

良介は言い、ふたたび真由美とすごした日々を思い出した。

一時的に退院して家に帰ってくると、妻は散歩に行きたいと言い出した。この海の町を歩いて回りたい。そう言った。

「最後に暮らした町を見ておきたいから」

そんな台詞も口にした。覚悟の足らない夫は、それを咎めることもできず、そうかと言って、妻の死を受け入れることもできずにいた。このときも、馬鹿みたいに当たり前の言葉を返した。

「歩くなんて無理だよ」

間違ったことを言ったわけではなかった。今回の一時帰宅にしても、医者に無理を言って許可してもらったものだった。少しでも体調が悪くなったら、すぐに救急車を呼ぶように約束させられていた。

真由美は、わがままを言ったことがない。人生最後の帰宅になるかもしれないときでも、それは変わらなかった。

「そうね。ごめんなさい」

あっさりと散歩を諦め、その代わりのように、朝から晩まで庭を眺めていた。草木に興味のない良介は、何も植えていない。そんな気持ちの余裕もなかった。お仕着せの垣根があって、その先は堤防だ。すぐそばを小糸川が流れていく。

堤防は歩道にもなっていて、登下校の時間には、ランドセルを背負った子どもの姿が見られた。少子化のせいか一人二人しかいなかったが、赤いランドセルを背負っていた。

「近所の子かしら？」

「どうかな」

会話は、それだけで終わった。真由美は黙っている。良介も何も言わない。言うことができなかった。

妻の命の灯火《ともしび》が消えようとしているのに、自分は何もできない。苦しみを取り除くどころか、その場かぎりの気の利いた話をすることもできずにいた。そんな自分にうんざりしてしまう。

助け船は、庭先から訪れた。猫の鳴き声が聞こえたのだった。

「にゃー」

視線を向けると、小さなたび猫が庭先を歩いていた。首輪はしていなかったが、綺麗な毛並みをしていた。近所で飼われている猫かもしれない。

真由美はその猫を見て、良介に問いかけてきた。

「あら、可愛らしい靴下猫ね。アメリカやイギリスでは、『靴下猫は幸運を呼ぶ』と言われていたわよね」

「そうだったかな」

曖昧な返事をした。その俗信を知らなかったわけではない。反対に、『不幸を招く』と靴下猫を厭《いと》う国もあることを思い浮かべたからだ。

「日本の猫だから、やっぱり『たび猫』って感じね」

妻の言葉を解したわけではあるまいが、たび猫は唐突に立ち止まった。そして、こっちを見た。まるで人間を初めて見たような顔をしていた。なぜか妻よりも、良介のほうに視線を向けている。

しばらく猫と見つめ合うようにしていたが、やがて猫のほうが飽きてしまったようだ。

「にゃ」

短く鳴いて、庭から出ていこうとする。その背中に、真由美は声をかけた。

「あなたはいいわね。好きなところに行けて」

たび猫は返事をしなかった。旅を続けるように、歩いていってしまった。

何を思い出しても、後悔ばかりだった。あのとき、散歩に連れていけばよかった。結婚しても仕事を続けるように言うべきだった。子どもがいれば、今と違う結果になったのかもしれない。

何より後悔するのは、真由美の気持ちを聞かなかったことだ。仕事を続けたかったのかどうかも知らなければ、子どもがいないことについての気持ちも知らない。結婚退職するのが当たり前だと思っていた。子どもができないことも仕方がないと諦め、病院に相談にもいかなかった。不妊治療を受けるなんて思いつきもしなかった。自分勝手に生きてきて、妻を死なせてしまったような気持ちになっていた。

結婚退職後、妻は書店でアルバイトをしていたこともあったけれど、その店舗が閉店してしまった。がっかりしたらしく、その後は働きに出ずに、図書館とジムに通い詰めていた。

「いつか小説を書きたいの。図書館で勉強しなくちゃ。ジムに行くのは、歳を取ってからも健康でいたいから」

真由美はそう言っていたが、その願いは両方とも叶わなかった。そのことさえ、自分のせいに思えた。

苦しかった。辛かった。寂しかった。悲しかった。良介は、黙って墓石に手を合わせていられなくなって、老人にすがりつくように聞いた。

「佐久間さんは、人生に後悔ってありますか？」

唐突な質問だったにもかかわらず、老人は驚かなかった。何秒か間を置いてから、静かな声で返事をした。

「あったよ」

なぜか過去形だった。たまたま、そういう言い方になったようにも聞こえたし、もう後悔はないと言っているようにも聞こえた。

佐久間は口を閉じ、少し離れた場所にある苔《こけ》むした墓石に視線を移した。菜の花が供えてあった。この老人が持ってきたものだろう。

目を凝《こ》らすと、どうにか、古い墓石に刻まれた文字を読むことができた。

――花村家之墓。

その文字は消えかかっていた。真由美が言っていた「大切な人のお墓」なのかもしれない。

佐久間は、しばらく慈《いつく》しむように墓石を見ていた。それから、ゆっくりと良介に視線を戻し、問いかけてきた。

「ちびねこ亭を知っているかね？」

脈絡のない質問だった。思わず佐久間の正気を疑ったが、老人は真面目な顔をしていた。

良介は、戸惑いながら聞き返した。

「レストランの名前ですか？」

それしか思い浮かばなかったのだけれど、大きく外れてはいなかった。佐久間が頷きながら返事をした。

「定食屋だ。すぐそこにある」

近所の食堂らしい。記憶にない名前だった。だが、それも当然のことで、この町で外食をしたのは、一度だけ――真由美の入院していた病院のレストランだけだった。

「旨い料理を出してくれる」と、佐久間は続けた。

地元のおすすめの店を紹介してくれたのかと思ったが、そんな簡単な話ではなかった。眼鏡屋だった老人は、良介が予想もしなかったことを言い出した。

「奇跡が起こる食堂だ」

「え？」

聞き間違えだと思った。しかし、正しく聞こえていた。

「奇跡が起こるんだよ」

佐久間は繰り返し、その言葉を口にした。

ちびねこ亭で思い出ごはんを食べると、大切な人と会うことができる。

また、沈黙があった。良介は途方に暮れていた。老人が何を言おうとしているのか、まるで分からない。ただただ、おうむ返しに聞き返すことしかできなかった。

「思い出ごはん？　大切な人？　それはいったい……？」

すぐに返事があった。

「思い出ごはんは、死者を弔う食事のことだ」

さらに説明を聞くと、おぼろげにだが分かった。どうやら、通夜や葬式の席に出る陰膳のようなものらしい。

「それを食べると、大切な人に会うことができる。死んでしまった大切な人に会えるんだ」

ようやく老人が何を言おうとしているのか分かった。良介は、声に出さずに話を整理した。

ちびねこ亭に行けば、死んでしまった人に会うことができる。

思い出ごはんを食べれば、真由美と会うことができる。

馬鹿げている。誰がどう聞いたって、馬鹿げた話だ。三文小説や漫画じゃあるまいし、死んだ人間と会えるはずがない。

しかし、良介は笑い飛ばさなかった。笑い飛ばすことができなかった。そんなことはあり得ないと思いながらも、佐久間の言葉を信じた。信じたいから信じた。馬鹿げた話にすがった。そして、気づいたときには聞いていた。

「思い出ごはんを食べるには、どうしたらいいんですか？」

難しいことは、何一つなかった。ちびねこ亭の予約を取るのは、拍子抜けするくらい簡単だった。佐久間に教えてもらった番号にかけると、二十歳そこそこと思われる若い男が電話に出た。

――福地櫂。

この青年の名前も、佐久間から聞いていた。アルバイトを雇ってはいるが、ほぼ一人で店を切り盛りしているという。

「もともとは母親がやっていた食堂だ」とも老人は言ったけれど、その母親がどうなったかは聞いていない。死んでしまったような気がして、質問することができなかった。

電話を通しても、福地櫂が好青年だということは分かった。物腰は丁寧で、良介の話をしっかりと聞いてくれた。そして、一通り話を聞き終えると、予約の確認をするように彼は言った。

「かしこまりました、堤良介様。それでは、三日後の木曜日の午前九時にお待ちしております」

あとは、ちびねこ亭に行くだけだ。良介は、お礼を言って電話を切ろうとした。だが、そのとき、青年が慌てた様子で質問をしてきた。

「申し遅れましたが、当店には猫がおります。それでも、大丈夫でしょうか？」

看板猫というものだろうか。都内でも、個人商店によくいるイメージだ。ふと、良介はたび猫を思い浮かべた。霊園で見かけたことと言い、猫と縁があるようだ。幸いなことにアレルギーはないし、猫嫌いでもない。

「大丈夫です」

そう答えると、受話器の向こうから、ほっとしたような雰囲気が伝わってきた。大切にされている猫なのかもしれない。

「お電話、ありがとうございました」

通話が終わった後、音の消えた静かな家で、良介はちびねこ亭の猫を思い浮かべていた。その猫と一緒に、真由美が自分を待っているような気がした。

ぼんやり暮らしているうちに、三日後がやって来た。ちびねこ亭の予約を取った日になった。佐久間と霊園で会った日とは正反対の、凍えるように寒い朝だった。目が覚めた瞬間、空気の冷たさに震え上がった。ここ数日、暖かかったので、暖房を入れていなかった。

良介はエアコンのスイッチを入れてから、カーテンを開けた。太陽は出ておらず、今にも雪が降り出しそうな重い雲が空を覆っていた。天気予報を確認すると、昼すぎから小雪がちらつくらしい。寒いはずだ。

「また冬が戻ってきたな」

舌打ちしたい気持ちで言った。寒いのが嫌だということもあるが、頭に浮かんだのは服装の問題だ。このところの暖かさに油断して、冬用のコート類をクローゼットの奥に移動させていた。それを出すのが面倒くさかった。歳を取ってから、ちょっとしたことが面倒くさくて仕方がない。

「何とかなるか」

良介は呟き、無精をして春先の格好のまま出かけようと、玄関に向かいかけた。そのとき、ふいに真由美の声が聞こえた。

〝何とかなるわけないでしょ。そんな薄着じゃ風邪を引くわよ。もっと着なきゃ駄目よ〟

くぐもっていたが、間違いなく妻の声だった。死んでしまった人間の声が聞こえたのに、不思議と驚かなかった。良介は立ち止まり、真由美の姿をさがした。でも、家の中は静まり返っていて、仏壇には線香のにおいが残っている。彼女は、写真立ての中にしかいない。見つけることができなかった。

それでも空耳だとは思わない。良介は肩を竦めて、くぐもった声に返事をした。

「そうだな」

そして、クローゼットの奥から上着を引っ張り出した。それは、この家に引っ越してくる前に、妻が買ってくれた赤いダウンジャケットだった。新宿タカシマヤで選んでくれたものだ。気の早い還暦祝いかと良介は思ったが、真由美にその意図はなかったようだ。

――あなたは、赤が似合うから。

そんなふうに言った。本当にそうなのかは分からない。ただ、結婚してから、自分で服を選んだことがなかった。妻に任せっきりだった。

久しぶりに着たダウンジャケットは暖かかった。身体がほっとしているのが分かった。いつだって――死んでしまった後でも、真由美の言うことは正しい。

「今度こそ、出かけないとな」

そう呟きながら腕時計を見ると、八時をすぎていた。ちびねこ亭までは、ここから三十分はかかる。タクシーで行くことも考えたが、なぜだか、歩いていったほうがいいような気がした。だからと言って遅刻しては申し訳ない。

「少し急いだほうがいいな」

良介はふたたび独り言を呟き、誰もいない家を出た。庭先に、たび猫はいなかった。

ちびねこ亭は、少し不便な場所にある。店が道路に面していないので、砂浜を通っていかなければならないようだ。

——綺麗な場所だよ。

三日前、霊園で佐久間が言っていた。内房の海のすぐ隣にあるという。その場所を思い浮かべているのか、こんな台詞も口にした。

——人は海の向こう側からやって来て、一生を終えると海の向こう側に帰っていくのかもしれんな。

珍しい考え方ではない。良介は、沖縄や奄美で古来信じられてきた海のかなたの楽土・聖地——ニライカナイを思い浮かべた。そこから神々が来訪して福をもたらすという。

また、君津市や木更津市の名前の由来になったと言われている『きみさらず伝説』も思い浮かんだ。

日本武尊《やまとたけるのみこと》が上総《かずさ》へ渡ろうとしたとき、にわかに海が荒れ、船が難破しそうになりました。尊の命を救おうと、妃の弟橘媛《おとたちばなひめ》が自ら海中に身を投じ海神を慰めたので、怒濤《どとう》はたちまちにしておさまりました。上陸した尊は太田山から海を見下ろし媛をしのび、何日もこの地を去らなかったことから、君不去(きみさらず)と呼ぶようになったといわれています。

と、木更津市のホームページに書かれている。これから行くのは、きみさらずの町の食堂なのだ。

いろいろなことを思いながら小糸川沿いの堤防を歩いていくと、いつしか川が終わり、東京湾に辿り着いた。

生まれて初めて内房の砂浜を歩いた。寒い真冬の午前中だからなのか、見渡すかぎり誰もいなかった。海鳥さえ見当たらず、海面も曇り空と同じ鉛色をしている。気持ちが落ち込みそうな天気だが、良介の足取りは軽かった。

ちびねこ亭に行けば、真由美に会える。これから行く食堂で、妻と待ち合わせをしている気分だった。

話したいことがあるわけじゃない。ただ、妻に会いたかった。ふたたび会えるだけで十分だ。それ以上の望みはない。

ダウンジャケットのファスナーをしっかり上げて、冷たい浜風が吹いている中を歩いた。長く歩く必要はなかった。十分も行かないうちに、真っ白な貝殻を敷いた小道に出た。そこから、青い建物が見えた。

「あれか」

確信を持って呟いた。目を凝らすと、建物の入り口の脇に黒板が置いてあって、白いチョークで文字が書かれていた。

良介は歩み寄り、その文字を読んだ。佐久間に教えられた通りの言葉が、そこにあった。

ちびねこ亭
思い出ごはん、作ります。

看板代わりのようだが、メニューも営業時間も書いていない。そのくせ、こんな言葉が添えられていた。

当店には猫がおります。

これもチョークで、猫の絵が描かれていた。可愛らしい子猫の絵だった。残念ながら、たび猫ではなかった。

看板代わりの黒板に描かれているということは、この店の猫なのだろうか？　首を傾げてから、良介は青い建物の扉を押した。カランコロンとドアベルが軽やかに鳴って、暖かい空気があふれ出してきた。そして、若い男のやさしい声が聞こえた。

「いらっしゃいませ」

それは、電話で聞いた福地櫂の声だった。

「予約をお願いした堤良介です」

そう名乗ると、若い男が頭を下げた。

「ご来店ありがとうございます。堤良介様、お待ちしておりました。ちびねこ亭の福地櫂です」

やっぱり彼だった。電話で応対してくれた好青年だ。声だけではなく、見た目も好青年のイメージそのままだった。眼鏡をかけていて、整った容貌をしている。やさしさが滲み出ているような顔立ちだ。

「今日はよろしく頼みます」

良介は改めて頭を下げた。返事があったが、人間の声ではなかった。

「みゃん」

猫が鳴いたのだった。驚いて視線を向けると、どこから現れたのか、茶ぶち柄の子猫が良介の足もとに座っていた。

良介は、店の前で見た黒板の絵を思い出した。笑ってしまいそうになるくらい、そっくりだった。上手く特徴を捉えている。この子猫を描いたのだろう。

「みゃあ」

もう一度、鳴いた。庭先や霊園で見かけた猫より、やんちゃそうな顔をしている。猫の性別は分からないけれど、何となくオスのような気がした。

「当店のちびです」

櫂が、馬鹿丁寧に猫を紹介した。すると、ちびがしっぽを立てて返事をした。

「みゃ」

まるで人間の言葉が分かっているかのようだった。その様子がおかしくて、良介は吹き出しそうになった。

ちびねこ亭の時間は、こんなふうに始まった。

「こちらの席でよろしいでしょうか？」

櫂は、良介を窓際の四人掛けのテーブルに案内して聞いた。文句のつけようのない席だった。窓は大きく、内房の海が一望できる。

「ありがとうございます」

お礼を言って腰を下ろした。それを待っていたように、ちびが歩き出した。トコトコと足を進め、壁際に向かっていく。その先には古時計があり、座り心地のよさそうな安楽椅子があった。

「みゃあ」

欠伸するように鳴き、安楽椅子に飛び乗った。一仕事終えたような顔で、そのまま丸くなってしまった。どうやら、お気に入りの場所らしい。接客の時間は終わりみたいだ。

良介の他に客はいなかった。店員も櫂だけみたいだ。今日日《きょうび》、一人でやっている飲食店など珍しくもないが、それにしても静かな店だった。道路に面していないためだろうか。

その主である櫂も物静かな青年だった。雑談をすることもなく、本題に入った。

「それでは、ご予約いただいた思い出ごはんをご用意いたします。少々、お待ちくださ
い」

発した言葉は、それだけだった。ふたたび丁寧に頭を下げると、店の厨房らしき場所に行ってしまった。

良介は、初めて訪れた店で一人になった。奇跡の起こる店だと佐久間は言っていたが、まだ妻は現れない。現れる気配もなかった。

壁際ではチクタク、チクタクと古時計の針が動いている。年季の入った古時計だった。この古時計が、自分より長く生きていても驚きはない。

質のいい時計は親から子、子から孫へと世代を超えて受け継がれることも多い。良介の作っていた小説だってそうだ。何百年、作品によっては千年以上も昔に書かれ、いまだに読み継がれているものも少なくない。名作と呼ばれる小説には、『死』がなかった。

それに対して、作り手であるはずの人間の一生は儚いものだ。つまらないものだ、と思ったこともある。死んでしまえば、おしまいなのだから。

そんなことを思いながら、ぼんやりしていると櫂が料理を持って戻ってきた。

「お待たせいたしました」

テーブルに大皿を置いた。キャベツの千切りが盛られ、その上に、揚げ物が載っていた。ごま油の香りが、その料理の正体を教えてくれた。

若鶏の唐揚げ。

それが、良介と真由美の思い出のメニューだ。一口では絶対に食べきれないほど大きな鶏の唐揚げだ。皿からはみ出すくらいのサイズに作ってあった。

唐揚げとキャベツの載っている大皿の他に、取り皿があった。櫂が、自分の前と正面の席に置いた。説明はなかったが、一つは真由美の分だろう。

陰膳——その言葉の響きは、悲しくて、なぜか懐かしい。正面の席に座る妻の姿が、はっきりと思い浮かんだ。

「ごゆっくり、お召し上がりください」

櫂が静かな声で言って、店の厨房に戻っていった。妻と二人きりにしてくれたのだろう。思い出ごはんを食べるために——。

「いただきます」

誰も座っていない正面の席に向かって呟き、良介は箸を手に取った。そして、鶏の唐揚げを口に入れた。

できたての揚げ物は熱かった。嚙んだ瞬間、ごま油と鶏の旨味が口の中いっぱいに広がった。

塩唐揚げと言うのだろうか。妻の作る唐揚げは、しょうゆを使っていなかった。その代わり、しょうが、にんにく、塩こうじで漬けてあった。鶏のくさみは完全に抜けていて、やみつきになる旨さだった。この店の唐揚げも絶品だ。瞬く間に、一つ目の大きな唐揚げを食べ終えた。

四十歳を超えたあたりから、揚げ物を食べると胃がもたれるようになっていたが、今日は平気だった。真由美が死んでからずっと食欲がなかったのに、空腹を感じてさえいた。

もう一つ食べようかと、箸を伸ばしかけたときだ。

「こちらもお持ちしました」

櫂の声が聞こえ、鰹節だしのにおいがした。見れば、厨房から櫂が出てきていた。湯気の立つ丼をお盆に載せている。良介は気づいた。

そうだった。

自分で注文しておいて、なぜか忘れていた。本当の思い出ごはんは、唐揚げではなかった。

「温かいうちにお召し上がりください」

ちびねこ亭の主が、テーブルに丼を置いた。櫂が持ってきたのは、温かいそばだった。

作家との打ち合わせは、編集者の大切な仕事の一つだ。お任せで小説を書いてもらうこともあるが、それでも会って話す必要がなくなるわけではない。

ただ、最近ではオンラインでの打ち合わせも増えていて、仕事のやり方も変わってきている。編集者と会いたがらない作家もいる。

自分のやり方にこだわる編集者もいるけれど、良介は作家に合わせることにしていた。面白い小説を書いてもらうのが、一番重要な仕事だと思っているからだ。実際に会っての打ち合わせをしないこともあった反面、作家の住む町に足を運ぶことも多かった。

十年も前のことになるだろうか。その日、良介は千葉県我孫子《あびこ》市に来ていた。ずっと担当している作家の仕事場があったからだ。

東京から我孫子市に行くというと、遠出のように思われるかもしれないが、実際には、上野駅から常磐線を使って三十分くらいで着く。交通の便の悪い都内に行くより楽だ。

その作家は頻繁に都内に出てきており、出版社で打ち合わせをすることも珍しくなかったが、このときは地元の書店に挨拶にいく用事もあり、良介のほうから我孫子市に足を運んだのだった。

余裕を見て電車に乗った。だから約束の時間までは、まだ間があった。ふと、昼食を取っていなかったことを思い出し、駅の立ち食いそば屋に入った。以前から入ってみたいと思っていた店だった。

　このＪＲ我孫子駅にある立ち食いそば屋・弥生軒《やよいけん》は有名な店だ。ネットでも評判が高く、一度は食べるべき逸品を出す名店として紹介されている。また、テレビドラマ『裸の大将』のモデルになった画家・山下清《やましたきよし》氏が住み込みで働いていたことでも知られていて、何かと話題性の高い店だった。

　だが、正直なところ味には期待していなかった。しょせん駅の立ち食いそば屋だと思っていた。話のネタになればいい程度のつもりで入ったのだった。そして度肝を抜かれた。旨かった。

　唐揚げそばは、本物の逸品だった。まず見た目からして、ただ者ではない。丼からはみ出しそうな特大サイズの唐揚げが、熱々のそばに二つも載っている。箸で持ち上げるのが怖いほど重く、ずっしりとした唐揚げだった。

　味もよかった。唐揚げの衣はしっとりしていて、そばの鰹節のだしが染み込んでいる。好みの味だった。そばとの相性も抜群だ。刻みねぎが、いいアクセントになっていた。

　感動が収まらず、家に帰って妻にも話した。

「すごいものを食べたよ」

　すると、数日後に、真由美が唐揚げそばを作ってくれた。

「ネットで調べて、ちょっと真似してみたの」

その言葉に嘘はなく、同じものではなかった。弥生軒のものと違い、塩唐揚げが載っていた。それ以外にも違いはあった。

「せっかくだから、あじさいねぎをかけてみたの」

長ねぎの代わりに、千葉県松戸市の伝統野菜を使ったのだった。あじさいねぎとは、江戸時代後期に柴又《しばまた》周辺から伝わったとされている葉ねぎのことだ。松戸市のホームページでは、次のように説明されている。

・「あじさいねぎ」という名称は、生産地にあるあじさいで有名な本土寺（あじさい寺）に由来していますが、味がよく、彩りが鮮やかなことから「味彩（あじさい）ねぎ」と呼ぶ人もいます。
・シャキシャキとした小気味良い食感、やわらかさ、深い香りと辛味が特徴です。
・葉の部分は薬味などに、白い部分は長ネギとして利用でき、一度で2度味わえます。
・栄養面では免疫力を高めるカロテンが豊富です。

真由美は、このあじさいねぎが好きだった。これまでも、何度か買っていた。わざわざ取り寄せたこともある。

唐揚げそばにも、あじさいねぎが合うと思ったようだ。その考えは正しかった。食べて唸《うな》った。あじさいねぎの辛味が、そばと唐揚げの旨味を引き出していた。

「駅で商売できるな」

あながち冗談でもなく良介が言うと、妻は大笑いした。しばらく笑ってから、ふと真面目な顔になって呟いた。

「おそばに唐揚げを入れるなんて、考えたこともなかったわ。たったそれだけのことで、こんなに美味しくなるのね」

「確かに、そうだな」

良介は相づちを打った。そばも唐揚げも身近な食べ物だ。だが、組み合わせようとは思わない。我孫子駅の立ち食いそば屋に行かなければ、その二つの組み合わせが旨いと知らないままだった。唐揚げそばにかぎらず、世の中には、そういうものがたくさん存在しているのかもしれない。

そんなことを思っていると、真由美がまた言った。

「あなたが教えてくれたおかげよ。これからも、いろいろな話を聞きたいわ」

「ごちそうさま」

良介は箸を置いた。思い出ごはんを食べ終えたのだった。自分の丼は空で、正面の席に置かれた唐揚げそばは冷めてしまっている。結局、真由美は現れなかった。妻に会うことはできなかった。

会えると信じてやって来たが、こうなることを佐久間から聞いてもいた。

——奇跡が必ず起きるとはかぎらないそうだ。思い出ごはんを食べても、大切な人と会えずに終わることもある。

つまり、良介に奇跡は訪れなかった。このまま、ちびねこ亭にいても妻は現れないだろう。残念だとは思わなかった。強がりではない。真由美に言われた言葉を思い出していたからだ。

これからも、いろいろな話を聞きたいわ。

もともと出版社に在籍していたこともあって、妻は仕事の話を聞きたがった。彼女が勤めていたころとは状況も変わっていた。出版不況、電子書籍、オンラインの打ち合わせ、SNSでバズった話。愉快なことばかりではなかったが、真由美は興味深そうに聞いていた。弥生軒の唐揚げそばの件で分かるように、出版以外の話を聞くのも好きだった。

あなたの話を聞いているだけで、二人分の人生を送っているように思えるの。
いろいろな場所に行ける。
動けなくなっても、あなたと一緒に旅できる。

これも真由美の言葉だ。入院してベッドから起き上がれなくなったときに言っていた。良介に気を使って言ったのだと思っていたが、ちびねこ亭にやって来て、その言葉の意味が分かったような気がする。

人は、誰もが旅人だ。

時の流れが、いろいろな場所に連れていってくれる。

だが、〝時〟は漠然としすぎていて——とてつもなく大きすぎて、生きている人間には理解できないものだ。最後の瞬間まで、どこに向かっているのか分からない。そもそも、いつが〝最後の瞬間〟なのかも分からなかった。旅の終わりがどこにあるのかも想像できない。

——死は終わりではなく、新しい旅の始まり。

死出の旅。冥途《めいど》の旅。帰らぬ旅。そんな言葉があるのだから、死んでも旅は終わらない。

真由美も旅の途中だ。良介と離れて、きっと旅を続けているだろう。

人生の儚さを思えば、この世にいる時間は、旅の途中の寄り道でしかないのかもしれない。

人は皆、死ぬ。

どうせ死ぬと決まっているのに、生きることに意味があるのだろうか？

真由美が死んでから、何度も、この疑問が頭に浮かんだ。考えても答えは出なかった。

だけど、やっと分かったような気がする。生きることに意味などない。旅の途中の寄り道なのだから、意味があるはずがない。しかし——。

〝寄り道のない旅はつまらないわよ〟

真由美の声が聞こえた。どこにもいないのに、声だけ聞こえる。生きる気力を失った良介を心配しているのだろう。

「もう少しだけ、寄り道を続けてみるよ」

声に出さず返事をした。意味のない寄り道を続けてみようと思った。愛する者がいなくなった世界で生きてみよう。そう思った。

涙があふれそうになったけれど、もう悲しくはなかった。

○

思い出ごはんの勘定を払い、良介は櫂に言った。

「とても美味しかったです。また来ます」

「ありがとうございます。いつでもいらしてください」

ちびねこ亭の店主は、最後まで好青年だった。控え目な接客も心地よい。良介も丁寧な言葉遣いで言った。

「いつになるか分かりませんが、もう一度、思い出ごはんを注文させてください」

すると、櫂が頷いた。

「かしこまりました」

「みゃん」

ちびまでが返事をしてくれた。眠っていたはずの茶ぶち柄の子猫が安楽椅子の上から、じっと良介を見ている。何か言いたげな顔をしているように見えるのは、きっと気のせいだろう。

――奇跡は一度しか起こらない。

佐久間はそうも言っていた。思い出ごはんを食べて、大切な人間と会うことができるチャンスは、一度だけのようだ。会ってしまえば、もう二度と会えない。

だが今回、真由美と会うことはできなかった。まだ一度の奇跡も起こっていない。つまり、チャンスは残っている。次に思い出ごはんを食べたときには、妻が現れるかもしれない。

だから、また会いに来る。

そして思い出ごはんを注文する。

三十年以上も一緒に暮らしていたのだから、思い出の料理はたくさんある。真由美とすごした、やさしい記憶があふれていた。

もし会えたのなら、旅の話を聞こう。あの世のことは話せないかもしれないが、他にも聞きたいことは山のようにある。

例えば、スポーツジムで始めたというヨガのこと。一緒にやりましょうと誘われた。あの世でも続けているのか？

また、小説を書いて新人賞に応募すると言っていたが、原稿はどうなった？　編集者としては気になるところだ。

妻も良介の話を聞きたがるだろう。きっと、自分がいなくなった後に、どうやって暮らしていたのかを聞きたがる。

夫の沽券《こけん》にかけて、抜け殻のように生活していたとは言えない。見栄を張りたかった。愛する女性の前では、見栄を張り続けたい。

旅を続けよう。

寄り道だって、旅のうちだ。

抜け殻のようになっていたのは、少し休んでいただけだ。そういうことにしておいて欲しい。落ち込んでいた自分を見なかったことにして欲しい。

再就職をするか。

それとも、妻がやろうとしていたように小説を書くか。出版できたら、真由美は驚くだろう。

人生は可能性に満ちている。そう思わなければ、人は生きていけない。ちびねこ亭にやって来て、改めてそう思えるようになった。

「ごちそうさまでした」

好青年の店主と茶ぶち柄の子猫に声をかけて、良介は食堂を後にした。

「ありがとうございました」

櫂の声が聞こえ、カランコロンと扉が閉まった。白い貝殻の小道を歩き、砂浜に出たが、相変わらず誰もいなかった。海鳥の一羽もいない。来たときよりも寒くなったようだ。良介は、ダウンジャケットのファスナーを最後まで上げた。

真冬の寒さに身を縮めながら進んでいくと、何分もしないうちに、鉛色の空が崩れて雪が落ちてきた。玉屑《ぎょくせつ》と呼ぶに相応《ふさわ》しい、玉を砕いた粉末のような雪だった。

そして、降ってきたのは雪だけではなかった。

〝あなた、大好きよ〟

と、声が聞こえた。くぐもってはいたが、真由美の声だった。不意打ちだった。ふたたび涙があふれそうになったけれど、ここで泣くわけにはいかない。

無理やり涙を呑み込んだ。それから精いっぱい格好をつけて、妻に自分の気持ちを伝えた。

〝おれもだ。心の底から君を愛してる。君と出会えて幸せだ〟

良介の声も、やっぱりくぐもっていた。真由美の返事はなかった。その代わりみたいに、どこか遠くで猫が鳴いた。

〝にゃー〟

ちびねこ亭の子猫の声ではなかった。いつかのたび猫が、夫婦のやり取りを見ているような気がした。

生きることに意味などないのかもしれないが、この世は、やさしさがあふれている。幸せがあふれている。愛があふれている。

ちびねこ亭特製レシピ

塩唐揚げ

材料（２人前）

・鶏胸肉　200グラム
・おろしにんにく・しょうが　適量
・酒　適量
・塩　適量
・片栗粉　適量
・揚げ油　適量

作り方

1　鶏胸肉を一口サイズに切り、ビニール袋に入れて、酒、塩、おろしにんにく・しょうがを加えて５分程度揉み、冷蔵庫で１時間程度を目安に寝かせる。
2　キッチンペーパーで水気を取り、片栗粉をまぶす。
3　揚げ物鍋に油を熱し、180℃になったら、２を入れる。
4　５分を目安に揚げて、中まで火が通ったら完成。

ポイント

にんにくなどを使わずに、液体塩こうじで下味を付けても美味しく食べることができます。

ふたたび黒猫とのっけ弁当

ふさこがね

平成18年にデビューした千葉県の独自品種で、千葉県の作付けの約1割を占めています。

登場してから、お取り扱いいただきました米穀小売店や料理人の方に、非常に高い評価をいただいております。

ふさこがねの特徴
・粒が大きく、ふっくらとした炊き上がり
・色白で艶があり、見た目も非常においしそう
・やや軟らかく、もっちりとした粘りがある
・冷めても硬くなりにくいため、おにぎりや太巻き寿司にも最適!

千葉県ホームページより

二木琴子《にきことこ》は、消毒液のにおいのする病院の廊下を歩いていた。病院は苦手だ。普通にしているつもりでも、気づくと顔が強張《こわば》っている。自分を助けるために死んだ兄・結人《ゆいと》の姿が鮮明に思い浮かぶからだ。

兄は、演劇をやっていた。役者として芽が出かかっていた。注目の新人俳優として週刊誌に取り上げられ、ときどきテレビにも映っていた。その矢先に死んでしまった。

あのときのことは忘れられない。動画を見るように、何度も何度も頭の中で記憶が再生する。

去年の夏の昼下がりのことだった。

琴子は兄と一緒に歩いている。書店に寄った帰り道だった。何を話すわけでもなく歩いている。やがて横断歩道にさしかかって、信号待ちをしていた。

一分か二分後、信号無視をした自動車が、琴子を目がけて突っ込んできた。突然の恐怖に身体が凍りつき、琴子は動けなくなった。逃げることも叫び声を上げることもできなかった。

轢《ひ》かれる！

そう思ったとき、結人が琴子を突き飛ばした。そして、代わりに自動車にぶつかった。

兄の身体が、糸の切れた人形のように転がり、真夏のアスファルトの上で動かなくなった。

クラクションが鳴り響き、誰かが悲鳴を上げた。

いくつもの声が飛び交う。

救急車を呼べ！

警察を呼べ！

おい、大丈夫か？

最後の問いは、琴子に向けたものだろう。琴子を心配してくれている。そう分かったのに、返事ができなかった。何を聞かれても答えずに、動かなくなった兄の身体を見ていた。

お兄ちゃん、と呟いた気がする。

救急車とパトカーのサイレンが鳴った。

救急車が着いたとき、兄はもう死んでいた。

思い出してはならない。

いや、思い出すべきなのだろうか？

そんなふうに迷えるようになっただけ、兄を失った絶望から立ち直りつつあるのかもしれない。

事故の直後には何も考えられず、食事も喉を通らなかった。今はアルバイトにも行けるようになり、そのころよりは普通に暮らしていた。生きていこうと思えるようになっていた。兄の所属していた劇団に入れてもらい、役者を目指すことさえできるようになった。

みんな、彼のおかげだ。

「何度も来ていただいて、本当にすみません」

琴子は、彼——福地櫂に頭を下げた。二人は、東京の——それも琴子の家から歩いて行ける距離にある総合病院の廊下を歩いていた。廊下の両側には、たくさんの病室が並んでいる。入院病棟と呼ばれる場所だ。

「いえ、お気になさらないでください」

櫂は言ってくれた。琴子は、ちびねこ亭でアルバイトをしている。彼は雇い主に当たるのだが、話し方は丁寧だった。飼い猫に対しても丁寧語を使うくらいなので、普段通りとも言える。

それでも、申し訳ないという気持ちは消えなかった。千葉県君津市から来てくれたのだ。

しかも、これが二度目だった。

「気にします」

琴子がそう応えると、櫂はやさしく微笑んだ。たったそれだけのことなのに、穏やかな気持ちになった。

二人とも、あまりしゃべるほうではない。病院では、いっそう無口だった。それ以上、何も言わず廊下を歩いた。

やがて、見覚えのある名前が貼られた病室の前に辿り着いた。

二木健《たけし》様

琴子の父の病室だ。入院しているのは、父親だった。つい一週間前に手術を受けた。脳に腫瘍が見つかったのだった。

主に父が大騒ぎをしたが、手術は成功に終わった。とりあえず後遺症も残らないらしい。心配はいらないでしょう、と担当医に言われていた。もうすぐ退院できるようだ。

櫂にもそのことは伝えてある。彼は、ほっとした顔で言ってくれた。

「よかったですね」

「はい。おかげさまで」

このお礼は、社交辞令ではない。櫂には、本当に世話になっていた。お見舞いに来てもらったのもそうだけど、病気が見つかったとき、父はちびねこ亭で食事をしている。思い出ごはんを食べに行ったのだ。

誰と会ったのかは聞いていないが、食事の後、落ち込んでいたのが嘘のように元気になった。

いや違う。別の方向に落ち込んでいた。櫂と琴子を比べるように見たり、眉間《みけん》に皺《しわ》を寄せたりと不審な動きをしていた。

——父親なんて、つまらないもんだな。

ちびねこ亭からの帰り道で深いため息をついて、そんな台詞を口にした。その言葉の意味は、いまだに分からない。母に話すと、なぜか笑われた。

そんな人騒がせな父の病室には入らなかった。その前を通りすぎた。父のお見舞いは、あとですることになっている。それは、父の希望でもあった。

和泉《いずみ》さんに思い出ごはんを作ってやってくれないか。

三日前、父が耀に言った。

この病院は、家から歩いて通える距離にある。だから、近所の人たちも利用する。入院患者の中にも知り合いがいた。「和泉さん」というのも、そのうちの一人だ。

和泉隆《たかし》。

父と同世代の男性だ。琴子の家の三軒先に住んでいて、子どものころから知っていた。すれ違えば、ちゃんと挨拶もする。

その隆が、会社の帰りに地下鉄で倒れて意識を失った。そして、この病院に運ばれた。いまだに意識は戻っておらず、もう一週間も危ない状態が続いているという。

「このままじゃあ不憫《ふびん》だ」

父は自分が理不尽な目に遭ったような、苦しげな顔で言った。夫婦に同情しているのだ。

琴子は、その理由を知っていた。もう十五年も前のことになるだろうか。和泉夫婦は、一人息子を亡くしている。琴子自身も幼かったが、両親や兄と一緒に葬式にも参列した。悲しいくらい小さな棺桶を見た記憶が残っている。死んでしまった和泉夫婦の息子は、生きていれば琴子と同い年だった。

「子どもに先立たれて、今度は夫の意識が戻らない。こんなひどい話はない」

父が唇を嚙み締めて言った。兄の死、そして自分の病気と重ねているのかもしれない。

「奥さん——美砂《みさ》さんは追い詰められている。見かけるたびに、痩せていっている。あのままじゃあ倒れちまう」

だから奇跡が必要なんだ、と父は続けた。思い出ごはんを食べると、死んでしまった人間と会える。話すことができる。信じられない話だけれど、琴子も父も大切な人と会っている。

ただし、それは必ず起こる奇跡ではなかった。死者が現れないこともあった。何より、隆も美砂もちびねこ亭まで来られないだろう。

無茶を言っている。どう考えても無理だ。琴子はそう思った。しかし、櫂は断らなかった。

「お力になれるかは分かりませんが、お話を伺ってみます」

そして、和泉美砂に話を聞きにいった。何を話したのか琴子は知らない。ただ、思い出ごはんを作ることになった。

それから三日後の今日、櫂は弁当の入った保冷バッグを手に病院を歩いている。小さなスープジャーも持っていた。ちびねこ亭で、美砂の思い出ごはんを作ってきたようだ。

奇跡が起こるのか——和泉夫婦を救うことができるのか、琴子には予想もできない。

○

和泉美砂は、四十五歳になった。夫の隆は、三つ年上の四十八歳だ。二人ともおとなしく、目立たない地味な容貌をしている。かけている眼鏡や服装の好みまで一緒だった。

そんなふうに雰囲気や持ち物が似ているせいだろうか。親戚や夫の会社の同僚たちから、お似合いの夫婦だと言われることが多かった。また、夫をからかうように、こんな言葉をかける者もいた。

「幸せそうだな」

夫の返事は決まっていた。照れくさそうに、だけど真面目な顔で応じる。

「ああ。いい女房をもらったよ」

その言葉を聞くたびに、申し訳ない気持ちになった。自分と結婚して、夫が幸せになったと思えなかったからだ。美砂だけが、一方的に幸せにしてもらったように感じていた。

それは、自分が親を知らない子どもだったからなのかもしれない。物心つく前に、児童養護施設の前に捨てられたという。もちろん、そのときの記憶はなかった。だから、親の顔も知らない。

他にも、なかったものはある。名前もなかった。「美砂」は、児童養護施設の責任者が付けてくれた名前だ。

美砂は、親のいない子どもや、事情があって親と暮らせない子どもたちと一緒に大人になった。施設の大人たちは親切だった。躾《しつけ》は厳しかったけれど、世間で言われるような虐待はなかった。

だけど。

――親に捨てられた。

その事実は、どうしようもなく重かった。しかも、身体が丈夫ではなかった。生まれつき心臓が弱くて、少し走っただけで胸が苦しくなった。真夜中に息ができなくなって、病院に運ばれたことが何度もあった。親に捨てられたのは、そのせいなのかもしれないと思うこともある。

きっと、自分は幸せになれない。

そんなことは当たり前だ。親のいない自分が、幸せになれるわけがない。子どものころから分かっていたことだ。大人にさえなれないと思っていた。ずっと、ずっと、ずっと、そう思っていた。いろいろなことを諦めて生きていた。

それでも、どうにか高校を卒業し、小さな工場の事務員として働き始めることができた。そこで隆と出会った。隆は、同じ工場に勤める先輩だった。

友達になり恋人になり、やがて結婚を申し込まれた。そのとき、美砂は二十歳に——大人になっていた。それは、近所の公園での出来事だった。暖かい春の日曜日の昼下がりなのに、誰もいなかった。ただ、この公園をねじろにしているらしき黒猫が昼寝をしていた。

「君と一緒に暮らしたい。ぼくと家族になってくれ。結婚して欲しい」

隆の言葉は、ストレートだった。誤魔化すことはできない。美砂はその場で、自分に親がいないことを打ち明けた。児童養護施設で育ったと話した。私は捨て子で、名前もなかったんです、と。

「今まで黙っていてすみません」

結婚できるような人間ではないと伝えたつもりだった。プロポーズを撤回されると思った。彼に振られる、と思った。

だが隆はきょとんとしていた。

「ええと、どういう意味？」

本気で聞いている。しっかり者だが、どこか抜けているところがあった。

「意味も何も……」

言いかけた言葉は続かない。美砂は口下手で、しゃべることが苦手だった。どう説明すればいいのか分からなかった。

沈黙があった。

相変わらず公園に近寄る者はなく、昼寝をしている黒猫の寝息が聞こえてきそうなくらい静かだった。

そんな沈黙が一分、二分、三分と続いた後、突然、隆が何かを察したように膝を打った。

しかし、その察した内容が見当外れだった。

「その施設に挨拶に行けばいいってことだね？」

「挨拶？」

美砂は、驚いて聞き返した。すると、隆が説明を始めた。

「もちろん結婚の挨拶だよ。いや、結婚を許してもらいに行くのか。『お嬢さんをください』ってやつだな」

勝手に納得しているが、何かがおかしい。美砂の話を聞いていなかったか、勘違いしたのだろうか。

「だから、親はいないんです。挨拶も許可もいらないんです」

美砂は言い聞かせるように言った。誰が考えたって分かりそうな話なのに、隆には分からなかったようだ。

「じゃあ、このまま結婚してもいいってことだね」

「そうじゃなくて――」

美砂は息を吸って、身体の中にある悲しみを吐き出すように続けた。

「あなたのお母様が許すわけがないから」

「どうして？」

怪訝《けげん》そうな顔で聞き返された。本当に分かっていないみたいだ。隆は早くに父親を亡くしていたが、母親はちゃんといる。彼の母親――和泉悦子《えつこ》は、小学校の教師だ。女手一つで隆を育てた。都内に小さいながら家も持っている。

そんな立派な人が、自分を息子の嫁として認めてくれるわけがない。隆は何も分かっていない。美砂はそう思った。

だけど分かっていないのは、自分のほうだった。ふたたび、隆が膝を打った。

「そっか。うちの母さんの許可があればいいのか」

間違っていないけれど、何かが違う。そう言おうとしたが、彼の言葉のほうが早かった。

「許可をもらいに行こう」

「え？」

「うちの母さんの許可だよ。うん。そういえば、君を紹介して欲しいって言われてたんだよ」

「紹介って――」

「話はあと。この時間なら、家にいるはずだから。今日は学校も休みだし。ちょうどよかった」

こんな調子で引っ張られるように隆の家に連れていかれ、彼の母親に会った。もう二十五年も経つのに、このときのことは何一つ忘れていない。忘れられるはずがなかった。

緊張のあまり倒れそうな美砂を尻目に、隆がいきなり言った。

「彼女と結婚しようと思うんだ」

「あら」

さすがに驚いたらしく、母親が目を丸くした。でも、それだけだった。隆の言うように、悦子は反対しなかった。ただ、息子に聞いた。

「親御さんに、ちゃんとご挨拶した？」

「いないんだって」

「いない？」

「そう。児童養護施設で育ったんだってさ」

あっけらかんと隆が言った。軽い調子で、美砂の秘密をしゃべってしまった。今度こそ反対されると美砂は思ったが、母親は顔色一つ変えなかった。隆と同じようなことを言ったのだった。

「その施設に挨拶に行ったほうがいいのかしら」

分かっていないような気がしたので、美砂は口を挟んだ。改めて自分の境遇を打ち明けた。

「私、両親に捨てられたんです。親のいない子どもなんです」

沈黙は来なかった。

「児童養護施設で育ったのよね」

母親は何でもないことのように相づちを打ち、息子の隆に言った。

「ちゃんと挨拶に行くのよ」

「そういうの、いらないみたいだよ」

隆が訳知り顔で言ったが、母親は納得しなかった。

「いるに決まっているでしょ。あなたのお嫁さんになってくれるんだから、ちゃんとしなさい。結婚は責任が伴うものよ。あなたがちゃんとしないと、美砂さんが恥をかくんだから」

結婚することが決まっていた。しかも、自分のことを名前で呼んでくれている。当たり前のように呼んでくれた。

美砂さん。

生まれて初めて、自分の名前を好きになれた気がした。名前を呼んでもらえて、嬉しかったのだ。涙が出るくらい嬉しかった。鼻の奥がツンと痛くなった。

初めて会った人の前で泣くわけにいかない。面倒くさい女だと思われてしまう。奥歯をぎゅっと嚙み締めて我慢したけれど、その努力は無駄だった。彼の母親の声が、ふたたび耳に届いた。こんな自分に話しかけてくれた。

「私にも娘ができるのね。美砂さん、ありがとう。会いに来てくれて、本当に、本当にありがとう」

「そんな……」

それ以上は、言葉にならなかった。こらえきれずに泣いてしまった。両手で顔を隠して、子どものように泣いた。

「母さん、ぼくの女房を泣かさないでよ」

「え？　私？　……ごめんなさい」

隆に抗議されて、母親が謝った。美砂は、首を横に振った。謝られるようなことは何もされていません。そう言いたかった。けれど言葉は出て来ず、いつまでも涙は止まらなかった。

こうして、美砂に家ができた。夫ができて、母ができて、家族ができて、居場所ができた。親に捨てられた自分が——親にさえ必要とされなかった自分が、家庭を持つことができた。

ささやかな結婚式を挙げて、和泉美砂になった。隆と彼の母親の暮らす家に迎え入れてもらった。

結婚をしても、身体は丈夫にならなかった。心臓は弱いままで、病院とも縁が切れない。きっと死ぬまで治らないのだろう。

そんな自分に、夫も義母もやさしくしてくれた。親に捨てられた子どもへの同情心が混じっていたとしても、愛されていることは疑いようがなかった。美砂、美砂さんと呼んでくれた。

美砂も、夫と義母を愛した。大好きだった。幸せだった。生まれてきてよかったと思うことができた。

そして、子どもができた。男の子だった。夏彦《なつひこ》と名付けたのは、夫だった。少し古風に思えるけれど、美砂はその名前を気に入った。義母も賛成してくれた。

「和泉夏彦。すごく幸せになりそうな名前ね。大物になるんじゃないかしら」

生まれる前から、甘やかしている。

「母さん、ばば馬鹿にならないでね」

夫が釘を刺すように言った。こんな言葉が存在するのかは分からないが、意味は通じる。親馬鹿の祖母版みたいなものだろう。

「嫌よ。孫を甘やかすのは、年寄りの特権ですからね。全力でばば馬鹿になるわ」

「全力って……」

隆がため息をつき、美砂は笑った。

自分はどこまでも恵まれていると思った。親に捨てられた子どもが、子どもを持つことができた。こんな人生を歩めるとは思っていなかった。

出産を機に仕事を辞めた。自分の身体のこともあるが、夏彦もまた病弱だったからだ。一秒でも我が子と一緒にいたかった。

結婚をして人生が変わった。

親に捨てられたけれど、幸せになることができた。

そう思っていた。そう思いたかった。幸せになったと信じたかった。でも、信じることができなくなる出来事が起こってしまった。

二月の寒い夜のことだった。

夏彦が死んだ。

まだ四歳だったのに、死んでしまった。もともと身体が弱かったところに、肺炎を起こした。

都内には珍しく大雪が降っていた。そのために救急車の到着が遅れたことが致命傷になったのかは分からない。大学病院に運んでもらったが、手の施《ほどこ》しようもなく命を落としてしまった。可愛い我が子は、たった一人で天国に行ってしまった。

「ごめんなさい……。ごめんなさい……」

美砂は、夫に謝った。夏彦の身体が弱かったのは、自分に似たせいだ。肺炎を起こしたことに気づくのも遅かった。もっと早く救急車を呼んでいれば、きっと夏彦は死ななかった。

「申し訳ありませんでした」と義母に頭を下げ、「ごめんね。ごめんね」と物言わぬ姿になった我が子に言った。

何度も何度も謝った。泣きながら謝った。許してもらえるとは思わなかったけれど、二人はやさしかった。

「君のせいじゃない」と、夫は言ってくれた。

「そうよ。謝る必要なんてないわ」と、義母も美砂を庇ってくれた。

でも、夏彦は何も言わない。母親を責めることもしなければ、許すこともしない。もう何もできないのだ。

神様がいるのなら、自分と夏彦の寿命を取り替えて欲しい。自分は結婚もできたし、子どもを産むこともできた。この世に思い残すことはない。もう十分だから。この世は楽しかったから。

夏彦は四年しか生きていない。まだ生まれたばかりなのに、人生が終わってしまった。小学校にさえ上がっていないのに。身体が弱いせいで、外で遊んだことだって数えるほどしかないのに。

我が子を生き返らせてくれるなら、美砂は自分の命を喜んで差し出す。自分の手で皮膚を突き破って心臓を取り出せと言われれば、躊躇《ためら》いなくやってみせただろう。むしろ、そう言われることを望んだ。神様に命じて欲しかった。夏彦の身代わりになりたかった。

しかし、神様はいなかった。いるのかもしれないが、美砂の願いを聞いてくれなかった。あんなに願ったのに、夏彦の身代わりにはなれなかった。

我が子の身体は火葬場で焼かれ、真っ白な骨になった。自分の前から消えてしまった。

美砂は、涙が涸《か》れるほど泣いた。いくら泣いても、悲しみはなくならなかった。自分の涙など、何の役にも立たない。

それから一年が経った。

夏彦の一周忌が終わるのを待って、美砂は夫と義母に話を切り出した。法要を終えたばかりの仏間で、我が子の位牌の前で土下座して言った。

「隆さん、離婚してください。私と別れてください」

この世のどこにも行く場所なんかないのに、この家から追い出してくれと頼んだのだった。

夏彦が死んだ責任を取ろうと思った。美砂は身体が弱く、二人目の子どもは望めないと医者に言われている。

夫は一人っ子の跡取り息子だし、子ども好きだった。自分の子どもが欲しいに決まっている。美砂みたいな子どもを産めない女を妻にしておくべきではない。

分かっていた。

そんなことは、ずっと前から分かっていた。この家から出ていくべきだと分かっていたけれど、夏彦の一周忌の法要を一緒にしたくて——夫と義母と一緒に夏彦を弔いたくて、この日まで居座ってしまった。

「申し訳ありませんでした」

そのことも謝った。心の底から申し訳ないと思っていた。美砂は、夫や義母を愛している。二人の幸せを願っている。だからこそ、この家にいてはいけない。身を引こう。このやさしい母子の重荷にならないようにしよう。そう決心したのだ。

「今までありがとうございました」

すぐにでも出ていくつもりで、お礼を言った。夫と義母、それから夏彦に頭を下げた。返事をしたのは、義母だった。隆より先に、口を開いた。

「嫌よ」

土下座したまま顔を上げることのできない美砂に向かって、義母が怒った声で言ってきた。

「あなたを追い出すくらいなら、隆を追い出すわ」

びっくりして顔を上げると、義母がこっちを見ていた。いっそう驚いたことに、夫が頷いた。

「ぼくのことを嫌いになったのなら、ぼくが出ていく」

今にも飛び出していきそうな顔をしていた。美砂は慌てる。

「嫌いになんてなってない」

つい本音が口から零《こぼ》れてしまった。すると、今度は義母が聞いてきた。

「それじゃあ、私に愛想を尽かしたの？」

「まさか」

即座に首を横に振った。そんなことがあるわけがない。違います、と美砂は否定した。

それから、罪を告白するように言った。

「私は何もできない女なんです」

夏彦を育てることができなかった。もう子どもを産むこともできない。身体が弱いせいで、今さら就職もできないだろうし、家事だって満足にできていない。義母に手伝ってもらってばかりいる。

誰の目から見ても駄目な女なのに、どうしようもない女なのに、義母は頷かなかった。

「何もできなくなんかないわよ」

そう言ってくれた。諭《さと》すように言葉をくれた。

「ちゃんと家を守ってくれている。あなたが来てから、この家が温かくなったわ。帰ってくると、ほっとするの」

自分に気を遣ってくれているのだと分かった。それでも、嬉しかった。お世辞でも嬉しかった。

だけど、甘えてはいけない。すがってはいけない。このやさしい母子の重荷になってはいけない。もう出ていこうと、立ち上がりかけたときのことだ。隆が唐突に声を発した。

「お帰りなさい」

一瞬、誰かが来たのかと思ったが、夫の視線は美砂に向けられていた。わけが分からず黙っていると、隆が少し照れたような顔で続けた。

「君の『お帰りなさい』が好きだ。家に帰ってきた気がする。たぶん、それがほっとするってことなんだと思う」

義母が大きく頷いた。だが口を挟まず、隆の話を聞いている。

「君が出かけたときに、『お帰りなさい』って言うのも好きだ。それから、『ただいま』って聞くと、温かい気持ちになる」

自分も、その言葉が好きだった。夫と結婚するまで——家族ができるまで、美砂はそのことに気づかなかった。美砂には、「お帰りなさい」と言ってくれる人がいなかったからだ。帰る家もなかった。アパートを借りてはいたけれど、そこを〝家〟だと思ったことはない。もちろん施設も〝家〟ではなかった。

お帰りなさい。

ただいま。

こんなにやさしい言葉が、この世に存在していることを知らなかった。隆と出会わなかったら、きっと、ずっと知らないままだった。

「夏彦にも言ってあげて」

義母が、仏壇を見ながら言った。そこには、幼い我が子の写真が立ててある。お気に入りのスミレ色のパーカーを着て、はにかむように笑っている。親や祖母を信じ切っている子どもの顔だ。自分が四歳で死んでしまうなんて、考えたこともなかっただろう。美砂だって考えもしなかった。自分より先に死ぬなんて思うわけがない。

また、新しい涙が込み上げてきた。そんな美砂を励ますように――自分だって孫を喪って辛いはずなのに、義母は言った。

「お盆には帰ってくるわ。だから、『お帰りなさい』って言ってあげて。それがあなたの――母親の仕事だから」

親のいない自分に、そう教えてくれたのだ。古くさい考え方だと笑う人もいるだろうけれど、美砂はその言葉に救われた。夫と義母に救われた。こんな自分にも、できることがある。この家にいてもいいのだ、と思えるようになった。

お帰りなさい——ただいま。

ただいま——お帰りなさい。

なんて素敵な言葉だろう。口にするだけで涙があふれてくる。耳にするだけで気持ちがほっとする。

美砂は、夫と義母に幸せな呪文を教えてもらった。二人の幸せを願いながら、何度も何度も唱えた。

人生にハッピーエンドはないのかもしれない。辛いことばかりが起こる。恐れていたことが起こる。

十年前、美砂が三十五歳のときに義母が他界した。病気が見つかったと思ったら、あっという間に死んでしまった。まだ六十歳をすぎたばかりで、平均寿命から考えても早すぎる死だった。介護をする暇もなく、受けた恩の一万分の一も返していないのに、あの世に行ってしまった。

義母がいなくなっても、夫はやさしいままだった。涙の止まらない美砂を慰めてくれた。

葬式の後、こんな言葉まで言った。

「母さんの娘になってくれて、本当にありがとう」

「そんな……」

返事にならない。ありがとうは、こっちの台詞なのに。お礼を言いたいのは、こっちなのに。

おかげで、もっと涙が止まらなくなった。こらえても、こらえても嗚咽《おえつ》が込み上げてくる。美砂は自分の身体を抱き締めるようにして、いつまでも、いつまでも泣いていた。

四十九日が終わり、義母の遺骨がお墓に納められると、夫と二人きりになった。相変わらず、美砂の身体は弱かった。毎週のように病院に行って薬をもらった。買い物の途中で倒れて、病院に運ばれたこともある。手術をして入院もした。この先も、病院と縁が切れないだろう。

そんな自分がどうにか生きてこられたのは、夫がいてくれたからだ。隆に助けられて生きていた。何もできない美砂は、義母に教えてもらった愛の言葉――「お帰りなさい」、「ただいま」を唱え続けた。夫も「ただいま」、「お帰りなさい」と言ってくれる。

あるとき近所の公園をのぞくと、あれから二十年も時が経っているのに、あの黒猫がいた。そんなはずはないと思いもしたけれど、やっぱり、プロポーズされたときにいた黒猫と同じに見える。あの黒猫の子孫かもしれない。

じっと見ていると、美砂の視線に気づいたらしく黒猫が小さく鳴いた。

「みゃ」

お帰りなさい。

そう聞こえた。だから、美砂は小声で「ただいま」と返事をした。黒猫は、それ以上、鳴かなかった。

さらに歳月は流れて、美砂は四十五歳になった。時代が時代なら「初老」と呼ばれる年齢だ。夫は四十八歳、初老と呼ぶのは早いにしても、もう若くはない。でも、人生はたくさん残っている。「お帰りなさい」、「ただいま」をたくさん言えると思っていた。その予想は外れる。人生は、思い通りにいかないことのほうが多い。

夫の勤めている工場の給料は安い。小さな工場ではよくある話かもしれないが、特に基本給が低く、残業や休日出勤で稼ぐことを前提とした待遇になっていた。だから、隆も美砂の病院代を稼ぐために、残業や休日出勤を繰り返していた。滅多に仕事を休まなかった。

たぶん、それがいけなかった。

きっと、無理をさせてしまった。

一月の寒い日、夫は地下鉄で倒れた。そして、救急車でこの病院に運ばれた。ずっと危ない状態が続いている。一度も目を覚まさない。このまま意識が戻らない可能性もあると言われた。

我が子が死に、義母が他界し、今度は夫が倒れた。頼れる人間は、誰もいない。あの家に残っているのは、自分一人だった。

人は死を恐れるものだが、ほとんどの場合、自分以外の死を怖がる。大切な人間がいなくなってしまうことを怖がるものだ。

美砂も怖かった。震えながら、夫の回復を願った。しかし、倒れて四日目になっても、夫は目を覚まさない。たくさんのチューブにつながれて、ベッドに横たわり続けている。助けたかったが、どうすることもできない。ただ病院に詰めていた。ただただ、夫のそばにいた。

そんなとき、近所の男性——二木健が入院していることを知った。脳腫瘍の手術を受けて成功したようだ。

美砂はお見舞いに行くことにした。妻の緑《みどり》とも面識があった。自分と同世代ということもあって、夫婦の両方と親しくしていた。健は穏やかな性格で、緑はさっぱりした性格をしていて、人見知りの美砂にもやさしくしてくれた。そんな善人夫婦にも不幸は訪れる。去年の夏のことだった。二木家の長男・結人が、交通事故で亡くなった。夏彦の死と重ねてしまったのかもしれない。涙が止まらなくなった。妹を助けるために、自分の身を投げ出したというのだ。その話を聞いて、夫の隆も泣いた。世界は悲しみであふれている。胸が張り裂けそうな出来事ばかりが起こる。

病室に行くと、二木健が一人でいた。本を読むでもテレビを見るでもなく、ベッドに身体を起こすように座って、窓の外の景色を眺めている。妻や娘が頻繁にお見舞いに来ているようだけど、このときはいなかった。

健はやさしい性格の持ち主だ。病室に入った美砂の顔を見るなり、心配そうに聞いてきた。

「大丈夫ですか？」

その声は温かかった。今の自分には温かすぎた。お見舞いに来たはずなのに、甘えてしまった。

「大丈夫じゃありません。みんな、死んでしまうんです。息子も義母も――」

そして、夫も。

最後の一言はどうにか呑み込んだが、その代わり、また涙があふれてきた。何もできない自分が悲しくて、他人様《ひとさま》の病室で泣いた。

迷惑だったと思う。誰がどう考えたって迷惑だ。わざわざ入院しているところに押しかけて、泣いているのだから。脳腫瘍の手術をしたばかりの人間に泣き言を言っているのだから。

「……ごめんなさい」

美砂は謝った。心の底から申し訳ないと思いはしたけど、涙は止まらなかった。泣くのをやめることができない。これでは、治るものも治らなくなってしまう。お見舞いになっていなかった。

ここにいるべきではない。出直してこよう。そう思って、踵《きびす》を返しかけたときだった。

ふいに健が問いかけてきた。

「ちびねこ亭を知っていますか？」

あまりにも唐突だった。何を聞かれたかさえ分からなかった。とりあえず、「いえ」と首を横に振った。

健はすぐには言葉を続けなかった。躊躇うように何秒間か黙ってから、ようやく口を開いた。

「死んでしまった人間と会うことができる店なんです」

今度は、首を横に振ることさえできなかった。いったい、何の話が始まったのだろう？　そう思った。

「信じられない話だと思うでしょうが、本当なんです。娘は兄に、私は死んだ父親に会ってきました」

「会った？」

問い返すと、健は頷いた。

「はい。ちびねこ亭という食堂に行くと、大切な人と会うことができるんです」

何を言われたのか、やっと分かった。死んだ人間と会える場所があると言っているのだ。美砂は、その意味を噛み締めてから、「信じられない話だと思うでしょうが」と繰り返す隆に言った。

「信じます」

本当に信じた。隆と出会う前なら絶対に信じなかっただろうが、今では信じることができる。親に捨てられた自分に家族ができるという奇跡が起こったのだから、きっと他の誰かの身にも奇跡は起こるはずだ。

また、こんな自分を騙したところで何か得があるとは思えないし、健は嘘をつくタイプではない。

さらに話を聞き、美砂は心の中でその情報を繰り返し呟いた。

——ちびねこ亭の思い出ごはん。

——死んでしまった人に会うことができる奇跡の食事。

何度も何度も呟いて、話と自分の感情を整理した。そして、いまだ意識の戻らない隆に会わせたい人がいることに気づいた。夏彦を呼んでもらうことも考えたけど、それでは、一緒にあの世に行ってしまいそうに思えた。

すると、あの人しかいない。夫を助けることができるのは、この世でもあの世でも一人だけだ。美砂は、頭を下げて頼んだ。手術を終えたばかりの健に頭を下げた。

「夫を義母に——和泉悦子さんに会わせてあげてください」

奇跡が起こると信じはしたが、問題は残っていた。ちびねこ亭は、千葉県の内房にあるのだ。自分はともかく、隆を連れていくのは無理だ。それについては、健に考えがあったようだ。

「和泉さんの病室に来てもらうしかないでしょうね」

「え？　来てもらう？　お店にですか？」

美砂は目を丸くして聞き返した。健は、「まさか」と首を横に振り、真面目な顔で答えた。

「ちびねこ亭の店主を知っているんです」

聞けば、娘の琴子が、ちびねこ亭でアルバイトをしているという。その店主が、東京までお見舞いに来ることになっているらしい。

「聞いてみないと分かりませんが、櫂くんなら何とかしてくれるでしょう。とりあえず会ってみてください」

福地櫂というのが、ちびねこ亭の店主の名前だった。ずいぶん信用している様子だった。

「お願いします」

こうして、ちびねこ亭の福地櫂と会った。わざわざ隆の病室を訪ねてくれた。少女漫画から抜け出してきた王子様みたいに整った顔をしていた。イケメンというよりも、「好青年」という雰囲気の持ち主だった。顔も声も話し方も物腰も――彼の何もかもが、やさしげだった。

美砂は事情を話し、思い出ごはんを注文した。夫と義母の思い出の食事を頼んだ。

「かしこまりました」

櫂は、二つ返事で引き受けてくれた。無茶なお願いを聞いてくれた。

「三日後のこの時間にお食事をお持ちいたします」

こうして、病院で思い出ごはんを食べることになった。病室での食事も許可してもらった。夫に食べさせることはできないが、美砂が食べるのは問題がないらしい。決められた手順を踏めば、病院は意外に融通が利く場所だった。

最大の問題は、義母が現れるか——意識を失っている夫と会うことができるかだったが、思い出ごはんを食べてみなければ分からないようだ。

「会えないこともあります」

予約を取る際に事情を聞かれたとき、櫂にそんなふうに言われた。奇跡は必ず起こるものではないようだ。

だけど、美砂は信じていた。義母は必ず現れると信じていた。そして、きっと夫を助けてくれる。そう信じていた。


当日になった。

夫は目を覚まさない。

二度と意識が戻らない可能性が高くなっていく。一時間ごとに、夫の命が失われていく。

美砂には、祈ることしかできない。夫を助けてください、と手を合わせていた。医者や看護師にも頼んだ。でも、届かない。どんなに頼んでも、夫は目を覚まさない。

「あなた……」

話しかけるでもなく呟いたときだった。病室の前の廊下から声が聞こえてきた。あの青年の声だ。

「ちびねこ亭の福地櫂です。お食事をお持ちしました」

慌てて時計を見ると、いつの間にか約束の時間になっていた。

「は……はい。どうぞ」

言葉を返すと、ふたたび声が聞こえた。

「失礼いたします」

「失礼します」

二つあった。二人の若者がお辞儀をして病室に入ってきた。櫂と琴子——二木家の娘だ。彼女とはあまり話したことがなかったけれど、悪い印象はない。いつだって丁寧すぎるくらい丁寧で、歩道やスーパーなどですれ違うたびに挨拶をしてくれる。

「本日は、ご予約いただきありがとうございます」

櫂が頭を下げると、琴子も腰を折った。目覚めない夫にも、「失礼いたします」と挨拶をしてくれた。

美砂は口数の少ないタイプだが、この二人もそうらしい。雑談らしき話もせず、本題に入った。

「そちらのテーブルにお食事の用意をしてもよろしいでしょうか？」

病室の窓際に、小さなテーブルがあった。美砂の手荷物を置かせてもらうこともあるが、今は何も載せていない。

「はい」

そう頷くと、思い出ごはんの準備が始まった。

「それでは、失礼いたします」

櫂が保冷バッグを開けて、中から弁当箱を取りだした。二つある。美砂と夫の分だろう。両方とも曲げわっぱの弁当箱だった。

和泉家では、ずっと曲げわっぱの弁当箱を使っている。秋田杉で作られており、購入してから二十年以上も経つが、いまだに現役だ。今でも、夫が会社に持っていっている。倒れた日も、この弁当箱を持っていた。

用意してくれた弁当箱は、和泉家で使っているものとそっくりだった。同じメーカーのもののように見える。しかも、新品のようだ。昨日の今日のことなのに、わざわざ用意してくれたのだろうか？

疑問に思ったが、櫂はそこには触れず、テーブルに置いた料理の紹介を始めた。

「焼き豚のっけ弁当です」

美砂が嫁に来るまで、義母が弁当を作っていた。夫も料理をするが、あまり上手ではない。食中毒になっても困る。夫には自宅での料理に専念してもらうことにし、弁当は美砂が作ることになった。そのころ、まだ現役の教師だった義母の分も作るつもりでいた。

そこまではいいのだが、どんな弁当を作ればいいのか分からなかった。美砂は、弁当を作ってもらったことがない。家庭の味を知らずに育ったのだ。

いざ作るときになっても、手が動かなかった。失敗したら、夫や義母に申し訳ないと思った。せっかく早起きしたのに、台所で固まっていた。すると、すでに起きていたらしい義母が顔を出した。おはようございますの挨拶を交わした後、いつもの調子で話しかけてきた。

「ずいぶん早いのね。私、コーヒーを淹れるけど、美砂さんも飲む？」

「……はい」

言葉少なに答えた。義母は、美砂が弁当作りに悩んでいることを察していたのだろう。軽い口調で、こう言った。

「こんなの、難しく考えることはないわよ。適当に作ればいいのよ。失敗したって、どうせ食べるのは隆と私じゃないの。平気よ、平気」

「でも……」

「大丈夫よ。私はともかく、隆なんて砂糖の代わりに塩を入れたって気づかないわ」

「まさか」

漫画じゃあるまいし、いくら何でも気づくだろうと思うと、義母が秘密を打ち明けるみたいに言った。

「本当よ。私、何度もやってるもの。『ちょっと、しょっぱかった』って言われたことはあったけど」

美砂は笑ってしまった。こんなふうに義母は明るくて、やさしい人だった。小学校の教師だったこともあって、話し上手だった。砂糖と塩を間違えた話は、美砂を笑わせるための嘘だけど、笑ったおかげで気持ちが楽になった。固まっていた身体と気持ちがほぐれて、弁当を作ることができた。

砂糖と塩の話をやさしい嘘だと思ったのは、義母が料理上手だったからだ。弁当作りも上手で、美砂の体調が悪いときには、代わりに作ってくれた。夫の分だけでなく、美砂の弁当まで用意してくれた。そんな義母に、美砂は弟子入りした。

「私に料理を教えてください」

「教えるほどのものは作れないわよ」

そう言いながら、ちゃんと教えてくれた。のっけ弁当も、義母に教えてもらったものだ。

当時、「のっけ弁当」という言葉があったのかどうかは分からないが、ご飯におかずを載せるものは、美砂が子どものころから存在していた。

「おかずを載せちゃうのが好きなの」

義母は言っていた。実際に、いろいろな種類ののっけ弁当を作ってくれた。焼き肉、焼き鮭、ハンバーグ、唐揚げ、それに、とんかつやエビフライののっけ弁当もあったと思う。

夫は、焼き豚ののっけ弁当が大好物だった。甘めに作った自家製の焼き豚を厚めに切って、ご飯に載せて食べる。一緒に入っていることの多かった甘い玉子焼きとの相性も抜群だった。

義母は、こんなことも言った。

「お肉と玉子焼き、それに白いご飯が入っていれば、男の人は文句を言わないわよ」

また、笑ってしまった。夫の好みそのままだったからだ。でも、さすがにそれだけでは身体に悪い。野菜料理もあったほうがいいような気がする。そう思ったことが顔に出たらしく、義母が続けた。

「栄養のバランスは、美砂さんが考えてあげて。私みたいなおばあちゃんには分からないから。昔から野菜料理は苦手なのよ」

これも、やさしい嘘だろう。野菜を使った料理だって知っているだろうに、美砂を立ててくれたのだ。

美砂は、義母が大好きだった。一緒にいると、ほっとした。安心して暮らすことができた。血のつながっていない自分がそうなのだから、夫は尚更だろう。そうでなくても、子どもにとって母親は特別な存在だ。無条件で甘えることができる相手だ。実際、義母がいたころの夫は、もっとくつろいでいたように思える。もっと、ほっとした顔で暮らしていたように思える。

——おれが、がんばらなくちゃ。

そんなふうに思い詰めてしまったのかもしれない。義母の分まで、がんばろうと思ってしまったのかもしれない。真面目な人だから。

美砂は、改めてベッドに横たわる夫の顔を見る。病弱な美砂のせいで、夫は働き詰めだった。休むことなく働いていた。意識が戻らないのは、きっと疲れているからだろう。ずっと眠っていたいと思っているのかもしれない。

美砂は、何もできない。義母のように、夫をくつろがせることもできない。だから、せめて義母と暮らした日々を思い出させてあげたい。そうすれば、生きているのも悪くはないと思えるはずだ。

義母なら夫の目を覚ますことができると信じていた。夫が子どものころから、ずっと起こしてきたのだから。

あの子は、本当に寝起きが悪くてね。

目覚まし時計が鳴っても、止めることもせずに平気で寝ているような子だったの。

それが今では、目覚まし時計が鳴る前に起きるんだからびっくりしちゃうわ。

会社が休みの日まで早起きするし。

美砂さんが来てから、ちょっとは大人になったみたいね。

まあ、見栄を張りたいんでしょうけど。

その話を義母から聞いたときは他愛なく笑っていたけど、今になってみると、無理をしていた証拠のように思える。目覚まし時計が鳴る前に起きる必要も、会社が休みの日に早起きする必要もない。

やっぱり自分のせいだ、と美砂は思う。自分が頼りないから隆は休めない。自分の病院代を稼がなければならないから仕事を休めない。残業や休日出勤をしなければならない。無理ばかりさせている。倒れるまで働かせてしまった。

美砂は、決めていた。思い出ごはんを食べて奇跡が起こったら——義母が現れて夫が目覚めたら、あの家から出ていこう、と。

自分があの家にいたら、夫は休めない。また倒れてしまう。もう無理をさせたくなかった。

本当は夏彦のところに行きたかったけれど、美砂が死んだら夫は責任を感じるだろう。何も悪くないのに、自分自身を責めるはずだ。だから、自殺はできない。そっと消えるつもりだった。何も言わずに、ただ出ていく。あの家から出ていく。夫の人生からいなくなる。それが一番いい。

何度目かの決心をした美砂の耳に、やさしい男の声が届いた。

「ミックスベジタブルのコンソメスープです」

櫂が温かく湯気の立つカップを置いたのだった。美砂は、我に返る。夫が弁当と一緒に持っていっていたスープだ。義母に教えてもらったものではなかった。だが美砂のオリジナルというほどのものではなく、どこにでもある冷凍食品とコンソメ顆粒《かりゅう》を使った手抜き料理だ。わざわざ注文するようなものではないかもしれないけれど、隆はミックスベジタブルのスープが好きだった。

また、ぼんやりしていたらしく、櫂に促《うなが》された。

「温かいうちにどうぞ」

奇跡が起こるのは、料理が冷めるまで。早く食べなければ、義母が現れる前に終わってしまう。

「いただきます」

軽く手を合わせてから、のっけ弁当に箸を伸ばした。焼き豚は柔らかく、箸で摑んだだけで身がほぐれた。ご飯に染みたタレが食欲をそそった。

夫が倒れてから食べる気力を失っていたけど、のっけ弁当を見ているうちに空腹を感じた。喉が鳴りそうになった。たまらずに箸で摑んだ焼き豚を口に運んだ。

砂糖醬油が豚肉の脂と混じり合い、チャーシューの旨味を引き出している。ほっとする味だった。美砂の味付けよりも、少しだけ甘い。舌がおぼえている義母の味だ。

〝……美味しい〟

呟いた言葉は本音だった。本当に美味しかった。しかし、声の響きがおかしい。普通にしゃべったつもりなのに、声がくぐもって聞こえた。

喉がおかしくなったのだろうか？

首を傾げたまま咳払いをしてみたが、喉に違和感はない。耳がおかしくなったのかもしれないと思った。身体が弱いせいもあって、耳鳴りがするのは珍しいことではなかった。ただ、こんなふうにくぐもって聞こえたのは初めてだった。

いずれにせよ、放っておくことはできない。風邪を引いたとすると問題だ。インフルエンザや新型コロナウイルスの可能性だってある。夫に感染させてしまったら命取りになりかねない。

看護師に相談したほうがいい。初めての症状に焦ってもいた。美砂は箸を置いて、ナースコールに手を伸ばしかけて、はっとした。さっきまでいたはずの櫂と琴子の姿が消えていたのだ。

しかも、病室の様子がおかしい。どこから入ってきたのか、濃い霧が立ち込めていた。ドライアイスをたいたみたいに、足もとが白くなっている。床が見えないほどに真っ白だった。

重病患者の病室に霧が入り込んでくること自体、あり得ないし、仮にあったとしても、この霧は濃すぎる。

〝どうなってるの？〟

誰に聞くともなく呟いた。すると、それに対する返事のように、不思議な音が聞こえてきた。

カラン、コロン。

ドアベルの音？

喫茶店やレストランなどで聞く音だ。そんなものが病院にあるわけがないのに、はっきりと聞こえた。病室の入り口で鳴ったように思えた。

だが、扉は引き戸で、このときは開けっぱなしになっていた。ドアベルが鳴る要素は一つもない。あり得ないものが――この世に存在しないものが、鳴ったとしか思えなかった。

どうすることもできず黙っていると、今度は足音が聞こえた。床を弾くような小さな足音が、この病室に近づいてきている。はっきりとは思い出せないけれど、聞きおぼえのある足音のように思えた。

そして、ふいに気づいた。

思い出ごはんを食べると、大切な人と会うことができる。

死んでしまった人間が現れる。

この足音は、きっと死者のものだ。美砂はそう思った。奇跡が起こっているのだと、やっと気づいた。

テーブルの上では、ミックスベジタブルのスープが湯気を上げている。思い出ごはんが冷めるまで、奇跡の時間は続くはずだ。

〝お母さま〟

美砂は声に出して呼んだ。義母が、夫に会いに来てくれたのだと思った。もう大丈夫だ、とも思った。義母なら夫を助けてくれる。目を覚まさせてくれる、と。

だが、違った。

その予想は外れていた。やって来たのは、義母ではなかった。病室に入ってきたのは、小さな白い影だった。

〝こんにちは〟

子どもの声が言った。顔はよく見えないが、フードの付いた青いトレーナーを着ている。この洋服には見覚えがあった。はっきりとおぼえている。美砂が二十年前に買ったものだった。

〝まさか……〟

呟いた声は、くぐもっている上に掠《かす》れていた。まさかと言いながら、小さな白い影の正体に気づいていたのだ。

身体が震える。

心も震えていた。

美砂は、今さらのように思い出した。のっけ弁当が好きなのは、夫だけではなかったことを。この料理は、あの子にとっても思い出ごはんだった。

小さな白い影が近づいてきた。そして、のっけ弁当とミックスベジタブルのスープが置いてあるテーブルの正面に座った。

ふいに、顔がはっきりと見えた。男の子だ。いくらか大人びて見えるが、まだ四歳になったばかりだと美砂は知っていた。

男の子が声を出した。

〝ママ〟

自分をそんなふうに呼んでくれるのは、一人しかいない。たった一人だけだ。美砂は、その一人の名前を口にした。

〝夏彦……。あなたなの？〟

〝うん。ぼくね、ママに会いに来たんだ〟

現れたのは、夏彦だった。二十年前に死んでしまった我が子が、美砂の顔を見て懐かしそうに笑った。

思い出ごはんの話は、嘘ではなかった。本当に奇跡が起こった。死んだ人間が――大切な人が現れた。

だけど、現れたのは義母ではなかった。そして、こんな状況になっても、夫は目を覚まさない。深い霧の中でベッドに横たわったまま眠り続けている。

美砂は混乱していた。夏彦に会えて嬉しいという気持ちはあったけれど、なぜ義母が現れなかったのか分からない。

死者は、生者の考えていることが分かるようだ。あるいは、母親の気持ちが分かるのか。夏彦が、美砂の疑問に答えた。

〝おばあちゃんが、ぼくに会って来いって言ったんだ〟

我が子が現れたのは、義母の意志だったようだ。美砂は、改めて夏彦を見た。四歳とは思えないほど落ち着いている。生きていたころから聡明な子どもだった。大人びていて頭がよかった。ましてや天国から来たのだから、この状態を理解しているはずだ。

〝パパを迎えに来たの？〟

ベッドに横たわる夫を見ながら、我が子に質問をした。夫をあの世に連れていくためにやって来たと考えたのだ。臨終のときに、お迎えが来るという話がある。誰もが一度は耳にしたことがあるだろう。昔話や仏教説話に登場するだけでなく、現代でも終末期患者の多くが体験すると言われており、「お迎え現象」という言葉で説明されることもある。すでに亡くなった家族や知人が現れるというのだ。

だが、夏彦は首を横に振った。

〝違うよ〟

美砂の言葉を否定し、太鼓判を押すように続けた。

〝パパは死んだりしない。神様にいっぱい、いっぱいお願いしたから大丈夫だよ〟

〝神様に頼んでくれたの？〟

驚きながら聞くと、今度は頷いた。そして悲しい言葉を口にした。

〝うん。ぼくには、それくらいしかできないから。親孝行もできないうちに、死んじゃったから〟

頷くことはできなかった。夏彦は間違っている。この言葉だけは間違っている。

〝そんなことないわ〟

美砂は、死んでしまった我が子に言い聞かせた。母親として、これだけは言っておかなければならない。

〝生まれてきてくれただけで、親孝行なのよ〟

夏彦が生まれてきたとき、心の底から嬉しかった。親のいない自分が、こんなに幸せになれると思っていなかった。

〝あなたのママになれて幸せだった。ううん、今も幸せ。すごく幸せなんだから〟

涙が頰を伝い落ちていく。視界が滲んでいた。それでも、夏彦の顔から目を逸らさなかった。逸らすはずがない。我が子と会えたのだから。

歪んだ視界の中で、夏彦は笑ってくれた。嬉しそうに笑った。そして、自分にお礼を言った。

〝ママ、ありがとう。あっという間に死んじゃったけど、生まれてきてよかった。パパとママの子どもになれてよかった〟

その言葉は反則だ。我が子の顔を見ていたいのに、一秒たりとも目を離したくなかったのに、新しくあふれ出した涙が邪魔をした。嗚咽も込み上げてきた。耐えきれなくなってうつむくと、ボタボタ、ボタボタと水滴が美砂の膝にいくつも落ちた。

夏彦は言葉を続ける。

〝ぼくね、ママのことも神様にお願いしたんだ。長生きしてくださいってお願いしたんだ。

ぼくの分までパパとママに長生きしてもらうんだ。たくさん、たくさん長生きしてもらうんだ〟

美砂は顔を上げて、我が子に聞いた。

〝それでいいの？　あなた、寂しくないの？　パパとママがいなくて大丈夫なの？〟

〝大丈夫だよ。寂しくても我慢できる。だって、ぼくはパパとママの子どもだから。パパとママのことが大好きだから、長生きして欲しいんだ〟

自分に言い聞かせるように言ってから、夏彦は続けた。

〝パパとママが百歳まで生きたって、あと五十年とか六十年とかでしょ？　あっちにいると、あっという間にすぎちゃうから〟

確かに、そうなのかもしれない。人生は儚く、時の流れは早い。気づいたときには、四十五歳になっていた。施設で暮らしていたのが、昨日のことのように思える。

子ども時代だけでなく、結婚も出産も、そして永遠の別れさえも一瞬の出来事だった。すべては、あっという間に過ぎ去っていった。そうだとすると、五十年後も遥かなる未来ではないのだろう。

〝パパとママが百歳になったら、また会いに来るから。今度は、おばあちゃんと一緒に迎えに来るよ〟

夏彦が、美砂に言った。それは約束だった。死んでしまった我が子と交わす約束だ。

〝だからパパと一緒にいてね。ずっと一緒にいてあげてね。仲よくしてないと、おばあちゃんが悲しむから。ぼくも悲しいから〟

出ていってはいけない、と言っているのだ。美砂の考えていることなど、夏彦にはお見通しだった。

〝うん。分かった。約束する。ずっとパパと一緒にいる〟

美砂は誓った。その日が訪れるまで──我が子と義母が迎えに来てくれるまで、一生懸命に生きていこう。

すると、夏彦が立ち上がり、小さな右手の小指を差し出してきた。

〝ママ、指きりげんまんだよ〟

生きていたころ、そうやって、いろいろなことを約束した。遊びに行って帰ってきたら、うがい・手洗いをすること。寝る前に歯みがきすること。幼稚園の友達と喧嘩をしないこと。ちゃんと挨拶をすること。知らない人についていかないこと。そのすべてを夏彦は守っていた。今度は、母親の自分が守る番だ。

〝うん。指きりげんまん〟

美砂も立ち上がり、右手の小指を差し出した。昔みたいに、夏彦の小指に絡めようとした。

でも、死んでしまった人間に触れることはできなかった。美砂の小指は、ただ宙を摑んだ。

また新しい涙があふれたけれど、美砂は手を引っ込めなかった。この子と指きりげんまんをするんだ。そう決めていた。

我が子の小さな小指に、自分の小指を絡めるようにして、夏彦と一緒に歌った。生きていたころと同じように歌った。

指きりげんまん
嘘ついたら針千本飲ます

母子の声は悲しく、だけど、やさしかった。触れることのない二本の指が、絡み合うように上下に揺れた。指きりげんまんを何度か繰り返した後、約束を交わす歌が終わった。

指きった

夏彦の小さな小指が離れていった。美砂の小指は、その場に留まっていた。涙を流しながら、右手を差し出していた。我が子の指が戻ってくるのを待っていたのかもしれない。だけど、終わってしまった。美砂は、ミックスベジタブルのスープの湯気が消えかかっていることに気づいていた。

〝そろそろ帰らなくちゃ〟

我が子の声が、思い出ごはんが冷めてしまったことを教えてくれた。奇跡の時間は、もう終わりだ。

〝じゃあ、帰るね〟

夏彦が背中を向けて、病室から出ていこうとする。眠ったまま目を覚ます気配のない夫の病室から離れようとしている。

――待って！

そう叫ぼうとした。叫びたかった。夏彦を追いかけて、無理やりにでも引き留めたかった。

でも、声は出なかった。急に声が出なくなったのだ。立ち上がろうとしたけれど、金縛りに遭ったように身体が動かなくなっていた。ただ涙だけが流れ続けた。美砂は泣くことしかできない。

このまま、あの世に帰ってしまうのかと思ったが、夏彦は立ち止まった。廊下に出る寸前の場所で、こちらに向き直り、丁寧に頭を下げたのだった。

〝パパをお願いします〟

我が子は言った。医者や看護師、この病院のすべてにお願いしているのだと分かった。しばらく、そうしていた。頭を下げたままの姿勢で黙っていた。その姿は返事を待っているようでも、祈りを捧げているようでもあった。

また何秒かが経ち、夏彦の身体は、ほとんど見えなくなった。霧に溶けてしまったようにも見える。

夏彦が顔を上げて、美砂に言った。

〝ママ、大好きだよ〟

小さな声だったけれど、はっきりと聞こえた。その言葉を聞きたくて、夏彦にそう言って欲しくて、美砂は生まれてきたのかもしれない。

我が子に返す言葉は決まっている。ずっと言いたかった言葉があった。伝えたい思いがあった。金縛りに遭っている場合ではない。ここで伝えなければ、この先ずっと後悔する。

美砂は、喉の奥にある塊を押し出すようにして言った。

「私もよ。ママも、夏彦のことが大好き」

やっと声が出た。

愛していると伝えることができた。

しかし、もう、声はくぐもっていなかった。あんなに濃く立ち込めていた霧がなくなり、さっきまでいた我が子の姿も消えていた。どこにもいない。あの世に帰ってしまったのだ。

「夏彦……」

我が子の名前を呟いたが、返事はなかった。美砂は、声を上げて泣いた。子どものように泣きじゃくった。

◯

琴子は、美砂が思い出ごはんを食べるところを見ていた。ちびねこ亭にいるとき以上に、やることがなかった。

ただ、ここは病院で、意識の戻らない病人がベッドに横たわっている。何が起こるか分からない。櫂のそばにいたほうがいいだろう。

だけど、一緒にいても、美砂の身に何が起こっているかは分からない。大切な人に会えたのかどうかも分からなかった。傍からは見えないし、思い出ごはんを食べ終えた後、何も話さない人も多かった。このときの美砂もそうだった。いや、正確には話をする暇もなかった。

櫂の作った焼き豚のっけ弁当を食べて涙を流し、やがてテーブルに突っ伏して本格的に泣き始めた。今も、子どものように声を上げて泣いている。

ミックスベジタブルのスープは、すでに冷めてしまった。大切な人と会えたとしても、奇跡の時間は終わっているはずだ。いつもならお茶を出すところだが、ここは病室で勝手が違う。櫂も戸惑ったような顔をしている。どうしたらいいのか分からないのだろう。

しばらく立ち尽くしていたが、泣き止みそうになかった。とりあえず声をかけてみようと、美砂に歩み寄ろうとしたときのことだ。琴子が動き出すより先に、思いがけない場所から男の声が上がった。

「泣いているのか……？」

その瞬間、美砂の泣き声が止まった。沈黙が生まれた。誰も口を開かない。静かだった。医療機器の音さえ聞こえなくなり、空気さえも止まっているように思えた。

永遠にも思える静寂だったが、おそらく一瞬のことだったのだろう。沈黙を破ったのは、さっきまで泣いていた美砂だった。

「あなた、目を覚ましたの？」

夫に聞いた。奇跡が起こっていたのだ。ずっと意識の戻らなかった隆が目を開けていた。眩しそうに目を細めてはいるけれど、ちゃんと開いている。はっきりした声で返事をし、それから心配そうに質問を繰り返した。

「うん。今、起きた……。君は泣いているのか？」

「な……泣いてません」

涙をこぼしながら、美砂が返事をした。嘘ではなかった。泣いているけど、泣いていない。涙はあふれ続けているが、その目は笑っていた。

隆は安心したように微笑み、大切なことを打ち明けるように言った。

「夏彦の夢を見たよ」

「私もです」

美砂が頷いた。その顔は、やっぱり泣きながら笑っていた。

耀がナースコールを押した。すると看護師が病室に駆け込んできた。目を覚ました隆を見て驚いている。すぐに医者も来るようだ。

「我々は失礼しましょう」

「はい」

琴子は、テーブルの上の思い出ごはんを片づけた。そして、櫂と一緒に病室を後にすることにした。美砂は、こっちを気にかけるどころではないようだった。自分の夫に声をかけ続けている。夏彦のことを話し続けている。医者もやって来た。もう大丈夫だろう。

ちびねこ亭の二人は、病室から出たところで立ち止まり、丁寧に頭を下げた。そうしながら櫂が言った。

「本日は、ありがとうございました」

○

それから、父の病室に行った。父は、寝息を立てて眠っていた。太平楽な顔で眠っている。わざわざ起こすこともないだろう。琴子は、声をかけずに家に帰ることにした。櫂も、これから海の町に帰るという。

「途中まで一緒ですね」

「はい」

こうして、二人は駅に向かう道を歩き始めた。琴子の母が櫂に会いたがっていたが、ちびが彼の帰りを待っている。しかも、ちびには脱走癖がある。今日だって櫂がいない間に、店から抜け出している可能性があった。ちゃんと戸締まりをしても、どこからか外に出てしまうのだ。

「ケージを注文しました」と櫂は言っていたけれど、茶ぶち柄の子猫の脱走を防げるかは疑問だった。簡単に抜け出してしまいそうな気もする。そのケージもまだ届いていないらしいので、やっぱり今日は早く帰ったほうがいいだろう。

母には、いずれ紹介する機会があるだろう。ちびねこ亭に食事に来てもらってもいい。櫂は断らないだろうし、ちびも歓迎してくれるはずだ。そう思ったとき、どこからともなく猫の鳴き声が聞こえた。

〝みゃ〟

琴子は立ち止まり、周囲を見た。ちびが鳴いたような気がしたのだ。ここは東京で、ちびはいない。

「どうかしましたか?」

「いえ。空耳だったみたいです」

猫の鳴き声が聞こえたと正直に言うと、櫂が納得したように頷いた。彼にも聞こえたのかもしれない。二人の頬は緩んでいた。ちびねこ亭で留守番をしている茶ぶち柄の子猫のことを考えると、やさしい気持ちになる。猫は、幸せを運んでくれる生き物なのかもしれない。

やがて、横断歩道に差しかかった。

去年の夏、この場所で兄の結人が交通事故に遭って死んだ。琴子を助けようとして死んでしまった。今でも忘れられない。胸の奥が痛かった。自分のせいだ、と今でも思う。自分のせいで、兄の人生は失われてしまった。

生きることは、失うこと。

たくさんの人たちとの別れがあるだろうし、琴子や櫂の寿命だって刻一刻と減っていく。こうしている間も寿命の残りが失われていく。

さよならだけが人生なのかもしれないけれど、得られるものもあった。例えば、櫂と出会うことができた。誰かを好きになる気持ちを知ることができた。

櫂にその気持ちを伝えたかった。でも、今はその勇気がない。自分は臆病者だ。告白するのが怖かった。

「好きです」と伝える代わりに、彼の隣を歩いた。何の代わりにもなっていないだろうけれど、今はこれで十分だ。

二月が終われば、春がやって来る。暖かい季節が訪れる。琴子は、まだ咲いてもいない桜の花びらを思い浮かべた。同時に、ちびの姿も思い浮かんだ。茶ぶち柄の子猫は、花びらの舞う海の町で遊んでいた。

猫には、春が似合う。

意味もなく、そう思った。好きな男性の隣でそう思った。

ちびねこ亭特製レシピ

レンジで作る焼き豚

材料（2人前）

・豚バラ肉ブロック　200グラム
・みりん　適量
・砂糖　適量
・醤油　適量
・おろしにんにく・しょうが　適量
・片栗粉　小さじ1
・練りからし　適量

作り方

1　みりん、砂糖、醤油、おろしにんにく・しょうが、片栗粉を混ぜ合わせてタレを作る。
2　豚肉をフォークでまんべんなく刺し、タレの入ったビニール袋に入れ、冷蔵庫で1時間を目安に寝かせる。
3　豚肉を取り出し、レンジで使えるキッチンペーパーで包み、タレを回しかける。キッチンペーパー全体にタレが行き渡るようにする。
4　ラップをせずにレンジで加熱する。600Wで4分が目安。裏返し、さらに600Wで3分を目安に加熱する。
5　粗熱が取れてからキッチンペーパーを外し、厚めにカットする。練りからしを添える。

ポイント

このタレを使って煮卵も作ることができます。

光文社文庫

文庫書下ろし

ちびねこ亭《てい》の思《おも》い出《で》ごはん　たび猫《ねこ》とあの日《ひ》の唐《から》揚《あ》げ

著者　高《たか》橋《はし》由《ゆ》太《た》

2022年8月20日　初版1刷発行

発行者　鈴木広和
印刷　萩原印刷
製本　ナショナル製本

発行所　株式会社 光文社
〒112-8011　東京都文京区音羽1-16-6
電話 (03)5395-8149　編集部
8116　書籍販売部
8125　業務部

ISBN978-4-334-79400-2　Printed in Japan

組版　萩原印刷